Anna Pfeffer

Anna Pfeffer

Als uns EINSTEIN vom HIMMEL fiel

Mit Illustrationen von Angela Glökler

HUMMEL
BURG

Bibliografische Information der Deutschen Nationalbibliothek:
Die Deutsche Nationalbibliothek verzeichnet diese Publikation in der
Deutschen Nationalbibliografie. Detaillierte bibliografische Daten sind
im Internet auf www.dnb.d-nb.de abrufbar.

1 2 3 4 5   E D C B A

© 2019 Hummelburg Verlag
Imprint der Ravensburger Verlag GmbH
Cover- und Innenillustration: Angela Glökler
Typogestaltung: Angela Glökler

Alle Rechte dieser Ausgabe vorbehalten durch
Hummelburg Verlag
Imprint der Ravensburger Verlag GmbH,
Postfach 2460
88194 Ravensburg

Printed in Germany
ISBN 978-3-7478-0006-5

www.hummelburg.de

Inhalt

1.

Voll auf die Nase!

Am Anfang der vierten Klasse hat unsere Lehrerin
uns gefragt, was wir besonders gut können. Ich kann
mit der Zunge meine Nase berühren, auf dem
Trampolin einen Salto machen und als Einzige in
der Klasse *Happy Birthday* rückwärts singen. Mein
Freund Luke hingegen kann wahnsinnig gut trommeln. Richtig laut und schnell, sodass man sofort
wach wird, wenn man müde ist.

Mein Hamster Einstein hat noch nie getrommelt.
Dafür kann er wunderbar die Luft verpesten. Ziemlich laut und so verfaulte-Eier-Stinkekäse-mäßig,
dass man auch sofort wach wird, wenn man müde ist.

Ich kann weder gut trommeln noch besonders
laut pupsen, aber ich kann in meinem Zimmer
supergut nicht-aufräumen. Davon wird man auch
wach, wenn man sich die Zehen an meinen rum-
liegenden Sachen stößt.

»Aua!«, schreit Luke in diesem Moment und hüpft auf einem Bein zu meinem Bett. »Bei dir ist echt noch mehr Chaos als bei mir, Nia.« Dabei hält er sich den linken Zeh.

Ich nehme schnell die Schachtel mit meiner bemalten Steinsammlung und schiebe sie unter den Schreibtisch zu dem halb fertigen Lego-Drachen und einem zerknüllten T-Shirt.

»Tut mir leid. Ich wusste ja nicht, dass du kommst.«

Er stöhnt leise. »Hätte das was geändert?«

Ich muss grinsen, weil er mich so gut kennt. »Glaube nicht.«

Luke lässt sich mit einem Seufzen auf mein Bett fallen. Er schläft heute Nacht hier, weil bei ihm zu Hause ein Wasserrohrbruch alles unter Wasser gesetzt hat. Angeblich mussten er und seine Mutter durchs Wohnzimmer schwimmen, um zur Haustür zu kommen.

»Das Gute an dem ganzen Chaos hier ist, dass man es nicht mehr schlimmer machen kann«, sagt Luke jetzt. Er schnappt sich ein Kissen und wirft es auf meinen Schreibtisch, wo meine Buntstifte liegen.

Ein paar Stifte fallen runter und sofort sieht mein Zimmer noch unordentlicher aus.

»Na warte«, rufe ich und schleudere das Kissen zurück. Kurz darauf sind wir mitten in einer wilden Kissenschlacht.

Gerade pfeffert Luke ein Kissen in meine Richtung, als die Zimmertür aufgeht und Papa den Kopf reinsteckt. Ich ducke mich gerade noch rechtzeitig, deshalb kriegt Papa das Kissen voll ins Gesicht.

»Ah!«, schreit er.

»Luke!«, ruft Lukes Mutter Heike.

»Gewonnen!«, brülle ich.

»Sorry«, sagt Luke.

Papa nimmt das Kissen aus seinem Gesicht und macht einen Schritt vorwärts. Dabei stolpert er über Einsteins Hamsterkäfig und rudert wie wild mit den Armen. Vor lauter Schreck pupst Einstein. Das macht er öfter, wenn er aufgeregt, traurig oder glücklich ist (also eigentlich immer). Zum Glück kann sich Papa gerade noch an meiner Kommode abfangen.

»Alles okay?«, frage ich. Leider ist Papa irre ungeschickt, das ist die eine Sache, die er besonders gut kann. Wenn es auch nur eine einzige Pfütze auf dem Weg zum Bus gibt, tritt er garantiert hinein. Auf der einzigen Bananenschale weit und breit rutscht er aus. Und in dem einzigen Häufchen Hundedreck landet er auch.

»Mir geht's gut«, sagt Papa und schiebt sich hastig seine Brille zurecht. »Heike und ich wollen mit euch reden.«

»Und worüber?«, fragt Luke. Er klopft mit einem Bleistift auf sein Bein, das macht er fast immer, wenn er nicht gerade Schlagzeug spielt.

Papa holt tief Luft. »Wir wollten euch fragen, was ihr davon haltet, wenn Luke und Heike hier einziehen.«

»Einziehen?«, fragen Luke und ich gleichzeitig.

Mein Hamster Einstein pupst. Die Nachricht scheint auch ihn zu überraschen.

»Na ja, da unsere Wohnung jetzt ohnehin renoviert wird, könnten wir es ja mal probieren«, sagt Heike und wird ein bisschen rot. Einstein pupst noch einmal. Ob er auch rot wird, kann man unter seinem weißen Fell aber nicht erkennen.

Luke sagt nichts. Er schaut mich an. Wir haben natürlich gemerkt, dass unsere Eltern sich heimlich ineinander verliebt haben. Dass wir jetzt zusammenziehen sollen, damit habe ich aber nicht gerechnet.

»Wieso nicht?«, sagt Luke in dem Moment. »Ich wollte schon immer eine kleine Schwester haben.«

»Hey«, sage ich und schieße eine blau-grün gestreifte Socke auf ihn ab. »Ich bin nur ein halbes Jahr jünger.«

»Dann eben eine coole Schwester«, sagt Luke und schießt die Socke zurück.

Papa legt den Arm um Heike. Beide sehen sehr glücklich aus.

Einen Tag später ist unsere Wohnung nicht mehr wiederzuerkennen. Überall stapeln sich Umzugskartons und es sieht aus, als hätte eine Bombe eingeschlagen. Das stört mich nicht, Papa aber schon. Er findet Unordnung nämlich furchtbar.

»Was machen wir jetzt mit dem Schlagzeug?«,

fragt er und deutet auf das riesige, silberblaue Ding, das nun in unserem Wohnzimmer steht. Eigentlich hätte es in Lukes neues Zimmer kommen sollen, aber da passt es nicht rein.

»Keine Ahnung«, stöhnt Heike und lässt sich müde auf das Sofa fallen.

»Weiß jemand, wo die Tasche mit meinen Sport-klamotten ist?«, fragt Luke, während er ins Wohn-zimmer kommt.

»Nein, aber dafür weiß ich, wo dein Schlagzeug ist«, antwortet Papa seufzend.

»Hier im Wohnzimmer kann es jedenfalls nicht bleiben«, sagt Heike.

Luke schluckt. »Und was machen wir jetzt?«, fragt er. Obwohl er versucht, cool zu bleiben, sieht man ihm den Schrecken an.

Sofort stelle ich mir vor, wie ein erschrockener Smiley mit aufgerissenen Augen hinter seinem Kopf hervorschwebt. Ich merke es nämlich gleich, wenn jemand nur so tut, als ob es ihm gut geht.

Und Luke geht es in diesem Moment gar nicht gut. Sein Smiley sieht auch ein wenig ängstlich aus und erinnert mich an einen Ballon aus dem Freizeitpark. Auch Papa und Heike versuchen glücklicher zu wirken, als sie sind. Der Smiley von

Papa hat einen geraden Strich als Mund und der von Heike hält sich die Augen zu.

»Wir können die Zimmer tauschen«, sage ich, weil ich den fassungslosen Smiley von Luke nicht mehr aushalte. »Mein Zimmer ist groß genug für dein Schlagzeug.«

»Das würdest du tun, Nia?«, fragt Luke überrascht. Sein erschrockener Smiley zerplatzt und Luke beginnt zu lächeln. Ich lächle zurück, obwohl ich nicht ganz sicher bin, ob mein Vorschlag so eine gute Idee ist.

»Klar«, sage ich trotzdem.

Papa und Heike sehen erleichtert aus. »Das ist wirklich sehr lieb von dir, Nia.« Hinter Papas, Heikes und Lukes Rücken steigen sofort drei lachende Smileys in die Luft, weil ich auf einen Schlag alle drei glücklich gemacht habe.

Noch bevor dieser Glücksmoment aber peinlich werden kann, klatscht Papa in die Hände. »Dann wollen wir mal loslegen!«

Die nächsten Stunden wird wild geschuftet. Taschen und Kisten werden ausgepackt und ich nehme meine ganzen Sachen, um sie in mein neues Zimmer zu bringen. Nur Einstein finde ich nicht.

»Wisst ihr, wo Einstein ist?«, schreie ich über das Chaos hinweg.

»Hier ist er!«, ruft Luke aus dem Flur und hebt Einsteins Käfig hoch. Hinter den Gitterstäben sitzt mein Hamster und frisst aus seiner Futterschüssel.

Ich weiß nicht warum, aber Einstein sieht immer so aus, als hätte er gerade in eine Steckdose gegriffen. So ähnlich hat auch der berühmte Physiker Albert Einstein ausgesehen, nur hatte der kein Fell, sondern weiße Haare, die wirr in alle Richtungen standen. (Als Physiker hätte er natürlich wissen müssen, dass es nicht besonders schlau ist, ständig in Steckdosen zu fassen.)

»Einstein kommt aber in dein Zimmer«, sagt Luke, als mein Hamster schon wieder pupst. »Die kleine Stinkbombe bleibt schön bei dir. Der Geruch ist echt eklig. Ich sage nur: Tod durch Ersticken.« Luke beginnt zu röcheln und tut so, als würde er sterben.

Ich zucke mit den Schultern. »Super, dann kann ich ja mein Zimmer wiederhaben.«

Luke richtet sich auf. Plötzlich sieht er wieder normal aus. »Okay, es geht schon wieder«, sagt er schnell. »Außerdem kann ich doch jetzt nicht ohnmächtig werden. Wo unser mega-cooles Family-leben gerade erst beginnt.«

»Eben«, sage ich und freue mich auch darauf, dass es endlich jemanden gibt, mit dem ich spontan draußen im Garten Trampolin springen kann. Mit dem ich nachts durch den Flur geistern werde oder bei Papa dafür kämpfe, dass es am Sonntag immer genug Eis gibt. Mit dem ich am Wochenende iPad spielen und unter der Woche gemeinsam zur Schule gehen kann.

Tatsächlich freue ich mich so sehr, dass ich mir gerade überhaupt nicht vorstellen kann, dass hier auch nur irgendetwas schiefgehen könnte.

2.

1:0 für Luke

»Und du hast ihm wirklich dein Zimmer gegeben?«, fragt Jule am selben Nachmittag und sieht mich an, als hätte ich meine Nase absichtlich an Einsteins Po gehalten. »Freiwillig?«

Ich lasse mich auf mein Bett fallen. »Das ist jetzt schon das vierte Mal, dass du mich das fragst.«

Jule schüttelt so wild den Kopf, dass ihre blonden Haare hin und her fliegen. »Stimmt nicht. Ich hab dich schon fünf Mal gefragt.«

Wenn meine Freundin Jule irgendwas besonders gut kann, dann ist es, sich in Sachen reinzusteigern. Dann liest sie einen Monat nur Piratencomics oder erfindet eine Geheimsprache, die keiner versteht, oder trägt Tag und Nacht eine Mütze, bis man schließlich nicht mehr weiß, ob sie überhaupt noch Haare hat.

»Ich wette, das Zimmer macht dich nicht froh und du gehst bald zum Weinen aufs Klo«, sagt Jule und setzt sich zu mir aufs Bett. »Ich sag's dir gleich: Du bist viel zu weich!«

»Ich bin überhaupt nicht weich«, widerspreche ich, obwohl ich weiß, dass Jule gerade in einer Reim-Phase steckt. An der Schule findet nämlich der große »Reimen tut gut, mach mit, hab Mut«-Wettbewerb statt und Jule probt schon seit Wochen für ihren Auftritt.

»Er hat ein Zimmer mit Balkon, deines ist nur ein Schuhkarton«, seufzt Jule und reimt weiter. »Warum willst du es mir nicht glauben? Hast du Tomaten auf den Augen?«

Jule sieht sich in meinem neuen Zimmer um. »Okay, es ist nicht ganz so schlecht«, gibt sie schließlich zu. »Aber größer war das andere schon. Du hast also den ersten Kampf verloren.« Sie tätschelt mir die Schulter, als müsste sie mich trösten.

»Was für einen Kampf?«

»Na, den Geschwisterkampf«, meint Jule. »Luke und du, ihr seid jetzt Geschwister. Das wird blutig.«

Ich schnaube. »Wir sind doch keine Geschwister.«

»Und ob ihr das seid. Luke ist jetzt eine Art Stiefbruder für dich und Geschwister sind immer anstrengend. Sie nehmen deine Sachen, essen deine Süßigkeiten und besetzen den Fernseher. Es ist wie ein Naturgesetz, dass es zum Kampf zwischen euch kommen wird. Und nur zur Info: Es steht gerade 1:0 für Luke«, erklärt mir Jule, die selbst drei kleine Schwestern hat. (Die Drillinge sind sechs Jahre alt und heißen Jasmin, Jessica und Jana – ihre Eltern mögen offenbar den Buchstaben J.)

»Du spinnst ja«, sage ich. »Luke und ich werden doch nicht kämpfen.«

»Du wirst schon sehen. Zuerst ist alles noch prima, aber dann werdet ihr euch furchtbar nerven.« Jule bekommt dieses Besserwisser-Gesicht, das ich nicht leiden kann.

»Das werden wir nicht«, widerspreche ich. »Bei Luke und mir ist es ganz anders als bei dir und deinen Schwestern.«

Jule grinst. »Wieso? Nur weil er vielleicht beim Haarewaschen nicht so rummault?«

»Du konntest dir deine Schwestern nicht aussuchen. Die waren plötzlich einfach da und konnten auch nicht zurückgegeben werden. Mit Luke ist das anders.«

Jule hebt eine Augenbraue. »Aber Luke war doch gestern auch einfach plötzlich da.«

Ich verdrehe die Augen und gebe ihr einen Schubs. »Aber Luke ist kein Baby mehr.«

Jule hüpft von meinem Bett und geht zu meinem Nachttisch, wo ich früher immer ein paar Schoko- kekse drin hatte. Sie zieht meine Schublade auf und wühlt kurz darin herum. »Wo sind die Kekse hin, ich glaub ich spinn?«

»Papa hat sie weggeschmissen, weil ganz viele Ameisen in mein Zimmer gekommen sind.«

»Schade. Aber vielleicht auch gar nicht so schlecht«, meint Jule. »Immerhin hat Luke jetzt das

Ameisenzimmer und du nicht. Das könnte für den Ausgleich zum 1:1 sorgen.«

Ich schüttele den Kopf. »Die Ameisen sind schon wieder weg.«

»Noch mal schade. Und wenn du ein paar Kekse in deinem alten Zimmer versteckst? Vielleicht kommen die Ameisen dann wieder?«

Ich kichere. »Das ist voll fies.«

Jule legt den Kopf schief. »Denk an meine Worte: bald streitet ihr euch um die … äh … Orte.«

»Um die Orte? Welche Orte denn?«

»Na, die Orte, um die sich Geschwister eben streiten. Der Lieblingsplatz auf der Couch, oder wenn der andere das Bad blockiert. Du wirst merken, dass es Orte gibt, die du nicht teilen willst.«

Ich zucke mit den Schultern. »Ich wusste noch nichts von den Orten.«

Jule schaut auf die Uhr. »Oh Mist, ich muss gehen.«

»Wieso? Musst du das Bad gegen deine kleinen Schwestern verteidigen?«

Jule schnappt sich ihre Jacke und deutet mit dem Finger auf mich. »Du glaubst mir noch immer nicht! Aber bald verziehst du das Gesicht, wenn eure Freundschaft auseinanderbricht.«

Ich muss grinsen. »Du meinst, es kommt ans Licht, dass Luke ist ein superblöder Wicht?«

Jetzt muss Jule selber kichern. »Mal sehen.«

Zwei Stunden später habe ich mein neues Zimmer schon fast fertig eingeräumt. Um Jules Theorie zu prüfen, war ich in der Zeit drei Mal am Klo und hab immer geguckt, ob Luke schon damit beginnt, meine Orte zu belegen. Aber er hat weder meinen Lieblingsplatz auf der Couch besetzt, noch das Bad blockiert.

»Hey, Nia.« Luke steckt seinen Kopf in mein neues Zimmer und sieht sich darin um. Noch liegt nichts am Boden, aber das wird sich wahrscheinlich bald ändern. Im Moment bin ich gerade dabei, meine Zeichnungen von Einstein aufzuhängen. Einstein trägt auf jedem Bild ein anderes Superheldenkostüm, nur sein wild abstehendes weißes Fell ist überall gleich.

»Hey, Luke.« Ich lächle ihn an, obwohl mir die Worte von Jule noch immer im Kopf rumspuken. Dass es 1:0 für Luke steht.

Er steckt die Hände in die Hosentaschen und lehnt sich gegen den Türrahmen.

»Sieht cool aus«, meint er dann.

Ich kneife die Augen zusammen. »Mein neues Zimmer? Das hätte deines sein können.«

»Nein, ich meine die Bilder«, antwortet Luke. »Du kannst echt gut zeichnen.«

Ich bin überrascht, dass ihm das auffällt. »Danke«, murmele ich ein wenig verlegen.

Er schmunzelt. »Weißt du noch, wie du früher im Kindergarten gezeichnet hast? Da sahen alle Leute immer wie Zombies aus.«

Ich muss lachen. »Das stimmt gar nicht.«

Luke grinst übers ganze Gesicht und kommt rein. »Oh doch. Carlotta ist sogar mal heulend aufs Klo gerannt, weil du ihr ein Bild geschenkt hast.«

Ich kneife die Augen zusammen. »Dafür hat dein Getrommel bei der Weihnachtsaufführung dafür gesorgt, dass du den Gesang von den Engeln übertönt hast. Die sind nachher wahrscheinlich auch heulend aufs Klo gerannt.«

Luke kichert leise. »Quatsch. Außerdem haben die sowieso schief gesungen.«

Ich nehme noch ein bisschen Klebeband und hänge einen Batman-Einstein über mein Bett. Einen Moment ist es still.

»Bin froh, dass wir da nicht mehr hinmüssen«, sagt Luke dann. »Ich hab den Mittagsschlaf gehasst.«

»Oh ja, ich auch«, sage ich.

»Aber es war cool, was du dir ausgedacht hast, wenn wir nicht schlafen konnten.« Luke setzt sich auf mein Bett und nimmt einen Klumpen von meiner Lavaknete aus der Dose. Die Knete ist dunkelrot und schimmert, als wäre sie glühend heiß.

»Was genau meinst du?«, frage ich und setze mich im Schneidersitz neben Luke. Es ist schön, mit ihm zu reden, und ich kann mir nicht vorstellen, dass Luke für mich jemals ein blöder Wicht sein wird.

»Zum Beispiel das eine Mal, als wir uns besondere Superkräfte für jeden in der Gruppe ausgedacht haben.« Lukes Blick wandert zum Hamsterkäfig.

»Einstein könnte jeden mit seinem Gestank vergiften«, sage ich grinsend.

»Und Carlotta könnte so heftig heulen, dass ihre Tränen für eine Mega-Überschwemmung sorgen.«

»Vielleicht ist ja sie an dem ganzen Wasser in eurer Wohnung schuld. Sie war doch nicht zu Besuch, oder?«

Luke macht aus der Knetmasse ein lachendes Smiley. »Nein, ich glaube nicht.« Dann wird er ernst. »Es war echt nett von dir, dass du mir heute das Zimmer überlassen hast.«

Ich winke ab, da die Erinnerung daran ganz komische Gefühle in meinem Bauch hervorruft.

»War keine große Sache«, sage ich, obwohl das gar nicht stimmt.

»Wollen wir Minecraft zocken?«, fragt Luke.

»Klar«, antworte ich lächelnd. Sofort verschwindet das komische Gefühl in meinem Bauch. Jule irrt sich. Das Leben mit Luke wird kein Kampf, ganz bestimmt nicht.

3.

Es brennt!

»Wir haben heute viel geschafft«, sagt Papa, als wir
am Abend beim Essen sitzen. Heike hat für uns
Spaghetti gekocht, weil sie weiß, dass wir die alle
mögen. Ich habe gemeinsam mit Luke ein riesiges
Haus in Minecraft gebaut, in das mindestens fünf
Schlagzeuge gepasst hätten. Danach hat er mit mir
sein Referat für Montag geübt, bei dem er sein
Lieblingsbuch vorstellen soll. Und am Ende habe ich
Luke noch beim Kartenspielen geschlagen (obwohl
er geschummelt hat). Alles in allem hatte ich die
ganze Zeit einen Riesenspaß.

Das ändert sich jedoch, als ich Heikes Tomatensoße probiere. Wenn Heike eine Sache besonders
gut kann, dann ist es, das Essen zu versalzen. Und bei
der Tomatensoße hat sie das heute ganz besonders
gut hingekriegt.

»Bäh«, entfährt es mir nach dem ersten Bissen.

»Was ist? Schmeckt es dir nicht?«, fragt Heike besorgt.

Ich lasse meinen Löffel fallen und greife schnell nach meinem Glas Wasser.

»Ahhh!«, schreit Papa in dem Moment, da ich ihn unabsichtlich mit Tomatensoße vollgespritzt habe. Die hat er jetzt voll ins Auge bekommen. »Es brennt! Es brennt! Es brennt!«, schreit Papa und taumelt, während er versucht aufzustehen. Dabei reißt er die Tischdecke vom Tisch. Sein Teller mit Spaghetti landet auf dem Boden, der Salat gleich daneben.

Sofort schubst Luke seinen eigenen Teller blitzschnell hinterher. »Oh nein«, sagt er kopfschüttelnd. »Jetzt kann ich die guten Spaghetti auch nicht mehr essen.«

»Wasser!«, röhrt Papa und rutscht beinahe auf einem Salatblatt aus, bevor er zur Spüle stürzt. Offenbar brennt die Tomatensoße schlimmer in den Augen als im Mund.

»Ich helfe dir!«, ruft Heike und schaufelt Papa so viel Wasser ins Gesicht, dass er fast keine Luft mehr kriegt.

»Genug«, keucht Papa. Sein Gesicht und seine Haare sind patschnass. Die Spaghetti und der Salat liegen in einem Scherbenhaufen auf dem Boden. Außerdem ist die ganze Küche mit Tomatensoße besprenkelt.

»So sieht es bei uns immer aus, wenn Mama kocht«, sagt Luke.

Heike wird so rot wie die versalzene Tomatensoße. »Das ist gar nicht wahr«, zischt sie.

»Wie wär's mit Pizza?«, fragt Luke grinsend.

Papa nickt.

Ich nicke auch.

Heike seufzt. »Okay, dann bestellen wir eben Pizza.« Sie holt ihr Handy, um den Pizzadienst anzurufen.

»Was wollen wir denn morgen machen?«, fragt Papa schnell, während er sich das Gesicht abtrocknet. »Es ist zwar noch etwas

chaotisch bei uns, aber ich fände einen gemeinsamen Ausflug schön.«

»Super Idee«, sagt Heike mit dem Handy am Ohr. Sie sieht von mir zu Luke und wieder zurück. »Wo wollt ihr hin?«

»In den Zoo«, sage ich sofort, weil ich schon seit Ewigkeiten die süßeste Trompete der Welt sehen möchte. Sie heißt Nala und ist ein kleines Elefantenbaby, das den ganzen Tag vor sich hin trompetet.

»Ich will in den Freizeitpark, in das neue Gruselhaus«, hält Luke dagegen. »Das soll echt mega gruselig sein. Leon war auch schon da, er hat sich vor Angst fast in die Hose gemacht.«

»Und du willst dir jetzt auch in die Hose machen?«, frage ich und hebe herausfordernd beide Augenbrauen.

Luke lacht. »Ich nicht, aber du vielleicht, Nia?«

»Gruselhäuser sind mir egal, ich will in den Zoo«, sage ich, obwohl ich Gruselhäuser überhaupt nicht leiden kann. Ich fahre viel lieber Achterbahn, als mich von irgendwelchen hässlichen Geistern erschrecken zu lassen.

»Das können wir ja noch später entscheiden«, meint Papa, der sich hinunterbückt, um das Chaos auf dem Küchenboden zu beseitigen. Luke und ich helfen ihm.

Eine Stunde später ist die Küche wieder sauber und die Pizza auch schon aufgegessen.

»Wollt ihr noch was spielen?«, fragt Papa, als wir ins Wohnzimmer gehen.

»Oh ja, wie wär's mit Activity?«, rufe ich. Das ist eines meiner Lieblingsspiele. Mit Papa allein kann ich es aber nie spielen, da zwei Teams gegeneinander antreten müssen.

»Ich bin mit Nia im Team«, sagt Luke sofort. »Mama errät nie, was ich zeichne.«

»Du errätst auch nie, was ich zeichne«, entgegnet Heike spitz.

»Gut, dann Kinder gegen Erwachsene«, schlägt Papa vor.

Siegessicher klatsche ich mit Luke ab. Da wir uns schon so lange kennen, bin ich ziemlich gut darin, sein Gekritzel zu erraten – obwohl seine Menschen nicht viel besser aussehen als meine Zombie-Männchen aus der Kita.

»Wir werden so was von verlieren«, stöhnt Heike, als sie zehn Minuten später etwas zeichnet, das Papa erraten muss. Luke und ich werfen einen Blick auf ihre Karte. Das Wort lautet Sparschwein.

»Ein Hund!«, ruft Papa, der als Einziger nicht weiß, was Heike zeichnet. »Ein hässlicher Hund!«

Sie schnauft und schüttelt den Kopf.

»Sind das kleine Kackhaufen?«, will Papa wissen, als sie die Münzen daneben malt.

Heike stöhnt lauter und bewegt den Bleistift wie wild über das Papier.

»Ein … Monster?«, fragt Papa verzweifelt. »Ein besonders fieses Monster?«

»EIN SPARSCHWEIN!«, ruft Heike und bekommt vor Aufregung ganz komische rote Flecken am Hals.

»Wirklich?« Papa starrt mit zuckenden Mundwinkeln auf Heikes Zeichnung. Man sieht ihm an, wie sehr er versucht, nicht zu lachen. Gleichzeitig schwebt ein kicherndes Äffchen-Emoji zur Decke, das sich die Augen zuhält.

»Aber klar. Ein Sparschwein. Das sieht man doch«, gluckst Luke, obwohl Heikes Sparschwein genauso gut eine brennende Zombie-Schildkröte sein könnte. »Jetzt sind wir dran.«

Er zieht eine Karte und ich drehe die Sanduhr um. Luke muss einen Begriff erklären, darin ist er spitze.

»Das möchte ich mal werden«, sagt Luke ohne zu zögern.

»Synchronsprecher!«, schreie ich, da Luke mir

schon oft erzählt hat, wie toll er es fände, jemandem im Fernsehen seine Stimme zu leihen. Am liebsten würde er später Schurken und Oberbösewichte sprechen, weil er die am coolsten findet. Dass er aber wahrscheinlich auch Liebesszenen einsprechen muss (»Oh Paula, ich liebe dich so sehr!« – »Nein, Anton, ich liebe dich noch viel mehr!«), will er aber nicht hören.

»Okay – ihr habt gewonnen«, seufzt Heike, als Luke und ich wieder drei Felder nach vorne ziehen. »Ich glaube, ich brauche ein Stück Schokolade.« Sie holt ihre Handtasche, in der sie offenbar einen geheimen Süßigkeitenvorrat angelegt hat. (Das ist noch etwas, das Heike besonders gut kann: Sie baut sich wie ein Eichhörnchen überall Verstecke mit Schokolade für schlechte Zeiten.)

»Beim nächsten Mal schlagen wir euch«, sagt Papa und hilft uns, das Spiel wegzuräumen. Danach lässt er sich auf das Sofa fallen und schlägt die Fernsehzeitung auf.

»Hey, hier gibt es einen Rabattgutschein für den Freizeitpark«, sagt er plötzlich und hält die Zeitschrift in die Höhe. »Bis nächste Woche gibt es noch 25 Prozent auf den Eintritt.«

»Das ist ja super«, sagt Heike. »Dann gehen wir

morgen in den Freizeitpark und das nächste Mal in den Zoo. Einverstanden, Nia?«

Ich kneife die Augen zusammen. »Wieso gehen wir nicht morgen in den Zoo und nächste Woche in den Freizeitpark?«

»Weil der Freizeitpark einfach cooler ist«, sagt Luke.

»Komm schon, Nia. Das wird sicher lustig«, schlägt sich auch Papa auf seine Seite. Er und Luke und Heike beginnen zu lächeln. Nur ich lächle nicht, weil ich plötzlich das Gefühl habe, dass es ganz klar 3:1 für Luke steht.

4.

Willkommen in der Geschwisterhölle

»Na? Ist doch schön hier, oder?«, fragt Heike, als wir zusammen den Freizeitpark betreten. Es ist so kalt und windig, dass kaum Menschen unterwegs sind. Trotzdem hat Heike so ein komisches Grinsen im Gesicht, als ob sie mich damit überzeugen könnte, es auch toll zu finden.

»Ein bisschen kühl«, sage ich und schiele zu den dunklen Regenwolken nach oben.

»Im Zoo wäre es genauso kühl«, mischt sich Papa ein. Sofort werfe ich ihm einen bitterbösen Blick zu.

»Im Zoo gibt es das Tropenhaus, da sind es immer 30 Grad«, erkläre ich verärgert.

»Ach, komm schon, Nia. Bei deiner miesen Stimmung steigt die Temperatur sowieso«, sagt Luke grinsend. »Du bist wie ein Drache, der in alle

Richtungen Feuer speit, nur weil es nicht nach deiner Nase geht.«

Seit Luke gestern wie ein Wahnsinniger bis in die Nacht hinein getrommelt und heute Morgen beim Frühstück den letzten Pfannkuchen gegessen hat, hat er schrecklich gute Laune.

»Nur weil es nicht nach meiner Nase geht?«, wiederhole ich empört. »Du spinnst wohl!«

»Worauf hast du denn Lust?«, fragt Papa nun und legt mir beruhigend den Arm um die Schulter.

Sofort fühle ich mich ein bisschen besser. Papa ist vielleicht doch auf meiner Seite, auch wenn er es nicht so gut zeigen kann.

»Ich habe Lust, den kleinen Elefanten zu besuchen«, murmele ich.

»Also ICH habe Lust auf Zuckerwatte«, sagt Luke in diesem Moment. Er zeigt auf einen Stand mit gesalzenen Maiskolben, bei dem es auch Eis und Zuckerwatte gibt. Der Verkäufer linst immer wieder in den Himmel und sieht genauso unglücklich aus, wie ich mich fühle.

»Ist es nicht noch ein bisschen früh für Zuckerwatte?«, fragt Heike zaghaft.

»Es ist die perfekte Zeit für Zuckerwatte«, behauptet Luke, als es zu nieseln beginnt.

»Ich finde, es ist die perfekte Zeit, um nach Hause zu gehen«, sage ich.

»Immerhin müssen wir uns heute bei keinem Fahrgeschäft anstellen«, sagt Luke.

»Ja, weil die coolen Sachen sowieso alle geschlossen sind.«

»Das grauenvolle Haus des Schreckens hat geöffnet«, sagt Luke und grinst noch breiter. »Du weißt schon – das, bei dem Leon sich fast in die Hose gemacht hat.«

»Ab welchem Alter ist das denn?«, fragt Heike besorgt, während sie Luke seine Zuckerwatte kauft.

»Ab zehn«, behauptet Luke wie aus der Pistole geschossen.

Ich sehe einen fetten Grinse-Smiley hinter seinem Rücken hervorschweben und schüttele automatisch den Kopf. Luke veräppelt uns nur. Das grauenvolle Haus des Schreckens ist nie und nimmer ab zehn. Vielleicht ist es nicht mal ab zwölf. Doch selbst wenn es ab drei wäre, würde ich nicht hineinwollen. Ich hab weder Angst vor wilden Loopings noch vor großen Höhen – aber ich mag es nicht, erschreckt zu werden.

»Komm, Nia«, sagt Luke und legt den Arm um meine Schulter, wie es vorher Papa gemacht hat.

»Trau dich. Danach kannst du Leon sagen, dass du es gar nicht schlimm gefunden hast.« Der Regen läuft an seinen verstrubbelten braunen Haaren hinunter und tropft auf seine Zuckerwatte. Rasch stopft er sich ein paar Riesenstücke davon in den Mund.

Papa spannt einen Regenschirm auf. »Wenn ihr ins Haus des Schreckens geht, warten Heike und ich so lange im Spiegelkabinett.«

»Perfekt«, sagt Luke und zieht mich an der Hand von unseren Eltern fort.

»Wieso ist es dir so wichtig, in das blöde Gruselhaus zu gehen?«, frage ich verärgert. Der Eingang zum Geisterhaus ist gerade vor uns aufgetaucht. Es ist ein blutrotes Tor mit spitzen schwarzen Zähnen. Von drinnen strömt kalte Luft nach draußen und man hört ein fürchterliches Jaulen.

»Weil es allein keinen Spaß macht«, sagt Luke. »Wenn wir schon zusammenwohnen, sollten wir auch was zusammen unternehmen, oder?«

Das klingt eigentlich ganz nett, deshalb sage ich nichts. Stattdessen beschließe ich, die blöde Angst einfach zu ignorieren.

»Okay. Aber du bleibst in meiner Nähe«, sage ich zu Luke, als wir durch die Schranke laufen.

»Klaro«, antwortet Luke. »Ehrenwort.«

Zwei Minuten später ist von seinem Ehrenwort genauso wenig übrig wie von der blöden Zuckerwatte. Die hat er nämlich komplett aufgegessen. Und als ich kurz stehen geblieben bin, um meinen offenen Schnürsenkel zuzubinden, ist Luke auch schon abgehauen. Einfach so. Obwohl er versprochen hat, bei mir zu bleiben. Vielleicht findet er das ja lustig. Vielleicht ist es auch die Rache dafür, dass ich ihn beim letzten Halloween mit der Gorilla-Maske erschreckt habe. Aber was auch immer der Grund für sein doofes Verhalten ist, ich finde es gerade gar nicht komisch.

»Luke?«, rufe ich ängstlich, als meine Schnürsenkel wieder zugeknotet sind. Ich stehe in einem dunklen Gang, der ein paar Meter vor mir einen Knick macht. Dahinter ist ein gruseliges Heulen zu hören. Gleichzeitig zucken immer wieder ganz grelle Lichtblitze durch das Gruselhaus. Sie blenden so stark, dass ich kurz nichts sehen kann.

»Luke!«, schreie ich ein zweites Mal. Mein Herz klopft mir bis zum Hals. Obwohl mir vorher noch kalt war, schwitze ich jetzt wie im Tropenhaus.

Da Luke nicht antwortet, muss ich wohl alleine weitergehen. Dabei schwöre ich mir, ihn nächstes Halloween mindestens dreimal so oft zu erschrecken. Wenn ich bis dahin noch nicht selbst vor Angst gestorben bin. Mit Puddingbeinen taste ich mich vorwärts. Dabei stütze ich mich an der schwarzen Wand neben mir ab. Sie fühlt sich ein bisschen weich an, wie ein ekliger Schwamm.

Hinter mir ertönt ein gackerndes Lachen.

Hastig gehe ich weiter.

Ich hasse den blöden Rabattgutschein, wegen dem wir hergekommen sind.

Ich hasse Heike, die nicht mal nachgefragt hat, ob das Gruselhaus wirklich ab zehn ist.

Ich hasse den Mann an der Schranke, der uns einfach reingelassen hat.

Aber vor allem hasse ich Luke, der sein Versprechen nicht hält. Inzwischen muss ich Jule recht geben: Luke verhält sich gerade wirklich wie ein blöder großer Bruder. Ist das schon der Geschwisterkampf, vor dem sie mich gewarnt hat? Reicht es, dass wir jetzt zusammenwohnen, damit Luke mich

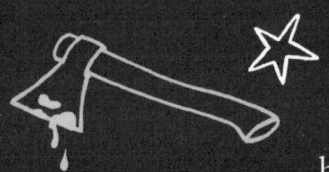

wie seine nervige kleine Schwester behandelt?

Endlich habe ich das Ende des Ganges erreicht. Plötzlich wird es ganz still. So still, dass ich meinen eigenen Atem hören kann. Mein ganzer Körper ist starr vor Angst.

Was ist jetzt wieder los? Wieso gibt es keine Geräusche mehr?

In diesem Moment beginnt der Boden unter meinen Füßen heftig zu wackeln. Ein ohrenbetäubendes Heulen kommt dazu. Ich glaube, hinter mir Schritte zu hören. Panisch rase ich um die Ecke und kreische laut auf. Eine dunkle Gestalt springt mir in den Weg und packt mich an den Schultern. Für einen Augenblick bleibt mein Herz stehen. Dann beginne ich, mich schreiend zu wehren und um mich zu treten. Plötzlich höre ich Luke lachen. Er lässt meine Schultern los und kriegt sich kaum wieder ein.

»Du Idiot!«, fauche ich und weiche zitternd zurück. Noch immer schlägt mein Herz so schnell wie ein Trommelwirbel. »Bist du verrückt geworden?«

»Nein, du bist verrückt geworden«, kichert Luke. »Mann, Nia – du hättest dich sehen sollen.«

Ich bin so wütend, dass ich durch den Rest des Gruselhauses stürme, ohne ein einziges Mal zurückzuschauen.

»Hey, Nia – warte doch! Das war doch nur Spaß!«, ruft Luke hinter mir. Ich beiße die Zähne zusammen und bleibe erst wieder stehen, als wir nach draußen kommen.

»Nur Spaß? Wir hatten abgemacht, dass du in meiner Nähe bleibst!«

»Ich bin auch in deiner Nähe geblieben«, antwortet Luke mit einem blöden Grinsen und steckt lässig die Hände in die Hosentaschen. »Hey, weißt du noch, was du letztes Halloween zu mir gesagt hast? Mach dich mal locker, Luke. Das war doch nur ein kleiner Gorilla.« Er zuckt mit den Schultern. »Und das hier war jetzt eben nur ein kleines Gruselhaus.«

»Also wolltest du dich an mir rächen?«, schnaube ich. »Das ist voll gemein, Luke! An Halloween hab ich nicht versprochen, dich nicht zu erschrecken, und es dann doch getan. Aber du hast dein Versprechen nicht gehalten!«

Luke seufzt. »Aber doch nur für einen guten Zweck. Bist du denn nicht stolz auf dich? Immerhin hast du es geschafft. Jetzt kannst du allen in deiner Klasse erzählen, dass du allein durchs Gruselhaus gegangen bist.«

Ich balle vor Wut die Hände zu Fäusten. Stolz bin ich dabei überhaupt nicht.

Neben dem Ausgang vom Gruselhaus ist das Spiegelkabinett. Papa und Heike irren noch immer darin herum. Als sie uns sehen, winken sie lächelnd. Mir ist aber weder nach Winken noch nach Lächeln zumute. Ich bin so sauer auf Luke, dass ich kaum atmen kann.

Und das wird erst besser, als mir eine Idee kommt.

5.

Rache schmeckt nach Zuckerwatte

Irgendwann haben es unsere Eltern aus dem Spiegelkabinett hinausgeschafft.

»Und, wie war's im Gruselhaus?«, fragt Papa.

»Ganz toll«, sage ich mit einem falschen Lächeln. In Wirklichkeit fliegen noch immer ein paar stinkwütende Smileys um mich rum. Zumindest stelle ich mir das vor.

»Schön«, sagt Heike. »Wollen wir noch mit dem Riesenrad fahren? Der Regen hat ja jetzt zum Glück aufgehört.«

Luke nickt. Ich schüttele den Kopf.

»Das Riesenrad ist langweilig«, erkläre ich Heike. »Luke und ich wollen lieber noch mit dem Todes-Tornado fahren.«

»Dem Todes-Tornado?«, wiederholt Luke und wird ein wenig blass um die Nase.

Der Todes-Tornado ist die schlimmste Achterbahn im ganzen Freizeitpark. Ich lege meinen Arm um Lukes Schulter, wie er es vorhin auch bei mir gemacht hat. »Komm, Luke. Trau dich. Danach bist du sicher stolz auf dich«, flöte ich.

»Ab welchem Alter ist denn dieser Todes-Tornado?«, will Heike wissen.

»Ab sechs«, sage ich noch schneller als Luke vorhin. Es ist mir egal, ob das stimmt.

»Na dann«, sagt mein Vater. »Ich bin nur froh, wenn ich diesmal nicht mitfahren muss.«

»Bist du sicher, dass das eine gute Idee ist?«, fragt Luke ein paar Minuten später. Wir stehen in der kurzen Schlange vor dem Einstiegsbereich. Vor uns ragt der riesige Todes-Tornado auf. Er hat sieben Loopings und ist mindestens dreißig Meter hoch.

»Aber Klaro«, sage ich. »Keine Angst, ich bleibe auch die ganze Zeit in deiner Nähe.«

Luke schluckt und starrt auf das Ungetüm von einer Achterbahn. Der Todes-Tornado ist knallrot. Einen Teil der Strecke fährt man nicht nur vorwärts, sondern auch wieder rückwärts.

»Bist du noch nie damit gefahren?«, frage ich.

Er schüttelt den Kopf und legt die Hand auf

seinen Bauch. »Ich bin mir echt nicht sicher, ob das jetzt so eine gute Idee ist, Nia.«

Ich denke kurz an den Moment, als er mich im Gruselhaus fast zu Tode erschreckt hat. »Das geht schon«, sage ich und schiebe ihn in der Schlange vorwärts.

Eineinhalb Stunden später sind wir wieder zu Hause. Lukes Gesichtsfarbe ist inzwischen nicht mehr ganz so grün wie direkt nach dem Todes-Tornado.

»Musst du noch mal spucken?«, fragt Heike besorgt.

Luke schüttelt erschöpft den Kopf. »Ich glaube nicht«, krächzt er.

»Ich mach dir einen Tee«, meint Papa und geht in die Küche.

»Wollen wir heute wieder Pizza bestellen?«, frage ich, da ich langsam Hunger kriege.

»Hör auf, übers Essen zu reden«, stöhnt Luke. Er taumelt ins Wohnzimmer und lässt sich dort aufs Sofa fallen. Dann wirft er mir einen vorwurfsvollen Blick zu.

Wenn ich gemein wäre, würde ich ihn jetzt fragen, ob er ein paar Oliven möchte. Luke hasst nämlich

Oliven. Von denen wird ihm sogar ohne Todes-Tornado übel. »Tut mir leid, dass dir schlecht geworden ist«, sage ich. »Du hättest vielleicht nicht so viel Zuckerwatte essen sollen.«

»HÖR AUF, ÜBERS ESSEN ZU REDEN!«, faucht mich Luke an.

»Nia, hilf mir doch mal bitte mit dem Tee!«, ruft Papa aus der Küche.

Seufzend gehe ich zu ihm. Papa steht vor dem Wasserkocher. Er sieht nicht besonders glücklich aus.

»War das wirklich nötig?«, fragt er leise.

»Was meinst du?«

»Dass du Luke zum Todes-Tornado überredet hast.«

Ich kann es nicht fassen. »Er hat mich doch auch zum Haus des Schreckens überredet!«

Papa seufzt. »Aber für ihn war es ein bisschen schlimmer als für dich – oder?«

»Ich kann doch nichts dafür, dass er so ein Waschlappen ist«, maule ich. Außerdem war die Achterbahnfahrt nur ein Punkt für mich. Das heißt, es steht immer noch 3:1 für Luke.

»Versuch, den restlichen Tag ein bisschen netter zu Luke zu sein«, sagt Papa. »Machst du das für mich?« Er sieht mich fragend an. Am liebsten würde ich sofort den Kopf schütteln. Aber weil ich Papa nicht enttäuschen will, halte ich mich zurück.

Den restlichen Sonntag über machen Heike und Papa nur, was Luke will. Er bekommt meinen Lieblingsplatz auf dem Sofa mit den bequemen Kissen. (Nicht zu glauben. Jule hatte wirklich recht!) Er darf mit meinem Hamster kuscheln, stundenlang iPad spielen und bestimmen, wann wir endlich wieder übers Essen reden dürfen. Natürlich darf er sich auch aussuchen, was wir auf Netflix gucken (und nimmt klarerweise Monster House, nur um mich zu ärgern).

Nach fünf Stunden Luke-Bespaßung reicht es mir.

»Können wir jetzt wieder damit aufhören, Luke jeden Wunsch zu erfüllen?«, frage ich verärgert.

Papa und Heike sehen erstaunt von ihrem Abendessen auf.

»Aber das tun wir doch gar nicht«, sagt Papa.

Heike sagt gar nichts.

»Er hat nur ein bisschen gespuckt!«, fahre ich fort.

»Er hat sich drei Mal auf dem Weg nach Hause übergeben«, sagt Heike nun doch.

»Ja, und das hatte er auch verdient«, murmele ich.

»Nia!« Papas Stimme klingt deutlich schärfer. »Das ist echt nicht nett von dir.«

»Ja, aber Luke war auch nicht nett zu mir!«, antworte ich wütend.

Papa und Heike sehen sich an.

»Es war ein langer Tag«, sagt Papa. »Was hältst du davon, wenn du jetzt ins Bett gehst.«

Ungläubig schaue ich auf die Uhr. Es ist erst kurz nach sieben.

»Ich frage Luke, ob er noch Hilfe mit seinem Referat morgen braucht«, sagt Heike und steht vom Tisch auf.

»Muss ich jetzt wirklich schon ins Bett?«, frage ich Papa, kaum dass wir allein sind.

Er nickt. »Versuch, zu schlafen. Es war ein anstrengendes Wochenende.«

Fuchsteufelswild marschiere ich in

mein winziges Zimmer und knalle die Tür hinter mir zu. Aus dem Wohnzimmer höre ich Luke lachen. Kurz darauf kommt lautes Getrommel aus seinem Zimmer. Wahrscheinlich übt er jetzt wieder eine Stunde lang für den blöden Reim-Wettbewerb in der Schule, wo er trommeln soll.

4:1 für Luke, schießt es mir durch den Kopf.

Wütend und traurig zugleich werfe ich mich auf mein Bett. Das Schlagzeug von Luke wird immer lauter. Da hilft es auch nichts, dass ich mir ein Kissen über den Kopf ziehe.

Jule hatte recht. Es macht keinen Spaß, Geschwister zu haben. Aber falls Luke denkt, dass ich das auf mir sitzen lasse, hat er sich kräftig geschnitten.

6.

Der megafiese Fünf-Stufen-Plan

Ich knipse die Taschenlampe an. Dabei spitze ich die
Ohren und leuchte auf meine Armbanduhr.

Es ist genau drei Uhr morgens.

Draußen ist es mucksmäuschenstill.

Alle schlafen.

Schnell schlüpfe ich unter meiner Bettdecke
hervor und stehe vorsichtig auf. Der Lichtkegel
meiner Taschenlampe wandert durch mein Zimmer.
Nur zur Sicherheit überprüfe ich den Raum, in
Filmen machen sie das auch immer so.

Dann atme ich tief durch.

Alles scheint wie immer zu sein. Luke hat keinen
blassen Schimmer von meinem megafiesen
Fünf-Stufen-Plan, den ich mir vor dem Einschlafen
ausgedacht habe.

Mein Licht fällt kurz auf Einstein, der in der Ecke
seines Käfigs döst. Auch er hat keinen Schimmer

von meinem megafiesen Fünf-Stufen-Plan. Gerade in dem Moment pupst Einstein, als ob er doch davon wüsste.Vielleicht träumt er aber auch einfach nur schlecht.

»Psst, Einstein«, flüstere ich und deute ihm, still zu sein. Insgeheim hoffe ich noch immer, dass es sich bei Einstein um einen superintelligenten Hamster handelt, der mich in Wahrheit doch verstehen kann.

Danach tapse ich zu meiner Zimmertür und öffne sie vorsichtig. Draußen im Gang ist es still.

Auf Zehenspitzen schleiche ich mich in meinem Pyjama hinaus. Ich fühle mich wie einer dieser Superninjas, die lautlos durch die Dunkelheit gleiten, um den schrecklichen Bösewicht zu besiegen. Dabei fällt mir ein, dass ich für meinen Superschurken noch gar keinen Namen habe.

Vielleicht Spucke-Luke, Luzikus oder Lord Lukerus?

Und wer bin ich? Ich bin Super-Nia, die edle Verteidigerin ihres Zuhauses. Ja, das gefällt mir.

Kurz drücke ich mein Ohr an Lukes Zimmertür und lausche. Er scheint zu schlafen. Auch wenn ich am liebsten sofort sein blödes Schlagzeug genommen und aus dem Fenster geworfen hätte, weiß ich, dass das keine gute Idee ist. Denn die guten Ideen sind alle in meinen megafiesen Fünf-Stufen-Plan geflossen. Luke wird richtig blöd dreinschauen. Er wird es so was von bereuen, mich geärgert zu haben.

Mein erster Weg führt mich direkt in die Küche.

Durch das Fenster fällt ein schmaler Lichtstreifen, der von der Straßenlaterne kommt. Der Rest der Küche versinkt in totaler Finsternis. Mit der Taschenlampe ist es aber kein Problem, das Glas Oliven zu finden. Es ist im unteren Schrank verstaut, gleich neben den Konservendosen. Ich öffne den Deckel, tropfe die Oliven ab und schnappe mir ein Messer sowie ein Schneidbrett. Dann hacke ich die Oliven zu kleinen Stücken, die ich in Lukes Lieblingsknuspermüsli stopfe. Dabei huscht mir ein knappes Lächeln übers Gesicht, während mein Herz wie verrückt klopft.

Ich darf keine Zeit verlieren und muss meine Mission so schnell wie möglich hinter mich bringen.

Nachdem ich alles wieder zurückgestellt habe, schleiche ich weiter ins Wohnzimmer. Im Bücherschrank finde ich das Bilderbuch, das ich suche. Ich husche zu Lukes Schulranzen, den er neben der Couch stehen gelassen hat. Dann tausche ich mein Buch gegen das von Luke, das er bei seinem Referat vorstellen möchte.

Dabei finde ich es ein wenig schade, dass ich sein blödes Gesicht nicht sehen werde, wenn er den Ranzen in der Schule auspackt.

Plötzlich ertönt ein Geräusch und ich zucke zusammen. Eine Tür öffnet sich. Blitzschnell lasse ich mich auf den Boden fallen und knipse die Taschenlampe aus. Dann höre ich ein lautes Schnarchen, das aus Papas Schlafzimmer kommt, gefolgt von dumpfen Schritten.

Das Licht im Flur geht an. Ich sehe Papa, wie er gähnend über den langen Läufer Richtung Küche marschiert. Durch den Durchgang zur Küche beobachte ich, wie sich Papa ein Glas Wasser nimmt. Dabei gähnt er immer wieder und murmelt etwas, das von dem lauten Schnarchen aus seinem Schlafzimmer übertönt wird. Es hört sich an, als würde dort jemand Bäume fällen.

Das kann nur Heike sein. Ich frage mich, wie aus so einer dünnen Person solche Geräusche kommen können. Dabei drücke ich mich flach auf den Parkettboden. Wenn Papa mich jetzt entdeckt, was soll ich dann sagen?

Ich konnte nicht schlafen und hab deswegen begonnen, den Fußboden mit meinem Pyjama aufzuwischen? Ich hatte einen Albtraum und surfe jetzt zur Beruhigung über das Parkett? Oder sollte ich so tun, als würde ich einfach liegend schlafwandeln?

Die Gedanken zischen wie Raketen durch meinen Kopf. Ich bin erleichtert, als Papa alle Lichter wieder ausmacht und zurück ins Schlafzimmer tapst. Kurz zögert er, bevor er über die Schwelle tritt und dann die Tür hinter sich schließt.

Mein Herzschlag beruhigt sich langsam. Ich richte

mich auf und lausche noch einmal in die Dunkelheit, bevor ich weitermache. In der Diele greife ich nach Lukes Turnschuhen und im Wäscheraum nehme ich den Stapel mit seinen Shirts, den ich in die hinterste Ecke unserer Abstellkammer befördere. Dann kommt der schwierigste Teil meines Plans: Stufe Fünf.

Dafür muss ich in Lukes Zimmer. Mit angehaltenem Atem öffne ich seine Tür und sehe, dass Luke seelenruhig in seinem Bett schläft. So, wie er da liegt, sieht er ziemlich cool aus, aber ich weiß, dass unter seiner lässigen Fassade der Gruselhaus-Oberschurke schlummert.

Ich schleiche gerade auf Zehenspitzen an seinem Bett vorbei, da dreht Luke sich auf einmal um. Angespannt verharre ich mitten in der Bewegung. Mein Herz schlägt mir bis zum Hals. Für eine Sekunde bin ich nicht sicher, ob Luke mich ansieht.

Doch dann dreht er sich zum Glück wieder um. So leise ich kann, kümmere ich mich schnell um den fünften Schritt meines megafiesen Plans, bevor ich selbst erschöpft in mein Bett falle.

7.

Flüchte dich aus dem Stinkebus!

»Wo ist denn Luke?«, fragt Heike, als sie am nächsten Morgen in die Küche kommt.

Ich zucke mit den Schultern. »Keine Ahnung«, sage ich, obwohl ich natürlich ganz genau weiß, wo sich Lord Lukerus befindet. Der döst noch immer in seinem Bett.

Heike zieht die Augenbrauen zusammen und niest. »Schläft er denn noch? Oder ist er im Bad?«

»Keine Ahnung«, sage ich noch einmal. Heike schnäuzt sich die Nase und beginnt dann, Teller, Tassen und Brot auf den Tisch zu stellen. Ich helfe ihr dabei, das Frühstück vorzubereiten. Dafür hole ich eine Packung Milch aus dem Kühlschrank und platziere bereitwillig Lukes Lieblingsmüsli daneben.

Papa kommt auch in die Küche. Er sieht richtig müde aus. Kein Wunder. Müsste ich neben einer

Kreissäge schlafen, hätte ich auch kein Auge zugemacht.

»Luke!«, ruft Heike jetzt und marschiert dann in Richtung von Lukes Zimmer.

»Gut geschlafen?«, frage ich Papa und lasse mich auf meinen Stuhl fallen. Ich bin noch immer sauer auf ihn, habe aber auch ein bisschen Mitleid.

Mein Vater schüttelt langsam den Kopf. Mit langsam meine ich übrigens richtig langsam. Es wirkt, als gäbe es Papa heute nur in Zeitlupe.

»Eigentlich nicht«, sagt er nach einem langen Moment. Heike kommt wieder in die Küche.

»Luke hat echt verschlafen«, schnaubt sie und lächelt meinen Vater an. »Oje, du siehst aber gar nicht gut aus. Habe ich etwa wieder geschnarcht?«

»Nur ein wenig«, sagt mein Vater. Sofort sehe ich ganz deutlich einen Riesensmiley mit einer langen Nase hinter seinem Kopf hervorschweben. Der erscheint immer dann, wenn Leute offensichtlich lügen.

Heike niest. »Ich bin etwas erkältet. Da schnarche ich manchmal.« So wie sie manchmal sagt, kaufe ich ihr das nicht ab. Schon kommt ein zweiter Riesensmiley mit einer langen Nase hinter Heikes Kopf hervor. In dem Moment stößt Luke zu uns.

»Mein Wecker hat nicht geklingelt«, murmelt er. Luke fährt sich durch seine verstrubbelten Haare und rubbelt sich über die Augen. »Und mein Fußballshirt kann ich auch nirgends finden. Hast du es irgendwo gesehen? Ich wollte es heute unbedingt anziehen.«

»Das T-Shirt ist in der Wäschekammer bei den gebügelten Sachen«, meint Heike und niest. Dann sieht sie auf die Küchenuhr. »Aber lasst uns jetzt erst einmal frühstücken, ich muss gleich ins Büro.«

Luke nickt widerwillig und wir setzen uns alle an den Tisch. Mein Herz klopft wie verrückt. Ich versuche mich ganz normal zu verhalten, während eine riesengroße Vorfreude durch meinen Körper tanzt. Ganz normal schenke ich mir ein Glas Orangensaft ein. Aus den Augenwinkeln beobachte ich dabei unauffällig Luke.

»Ist was, Nia?«, fragt er.

Okay, vielleicht war es doch nicht so unauffällig.

»Nein, was soll sein?«, fragte ich total entspannt zurück.

»Du schaust so komisch.«

»Danke, du schaust auch komisch«, erwidere ich.

»So habe ich das nicht gemeint«, murrt Luke genervt.

»Kinder. Seid … nett … zueinander«, sagt mein
Vater. Es klingt noch immer langsamer als sonst. Im
nächsten Moment sehe ich Papas Hand in Richtung
Müslipackung greifen. Ich möchte schon auf-
schreien und mich dazwischenwerfen. Papa soll
doch nicht das Oliven-Müsli essen!

Doch dann will er doch nur die Butter, die daneben steht. Ich atme erleichtert auf. Mein Blick
wandert zu Luke, der aber keine Anstalten macht,
das Müsli mit der neuen Geschmacksrichtung aus-
zuprobieren. Stattdessen schnappt er sich einen
Erdbeerjoghurt und löffelt ihn in Windeseile aus.
Die Enttäuschung landet wie ein schwerer Fels-
brocken auf mir, mit vollem Karacho. Ahnt Lord
Lukerus vielleicht etwas?

Heike nippt an ihrem Kaffee und niest schon
wieder. »Ich muss mich bei unserem Ausflug erkältet
haben.« Sie macht eine kurze Pause und sieht mich
an. »Vielleicht können wir ja nächstes Wochenende
in den Zoo gehen. Du wolltest dir doch dieses
Elefantenbaby ansehen, nicht wahr, Nia?«

Ich nicke, auch wenn ich überhaupt keine Lust
habe, noch einen Ausflug mit Luke zu machen.

»Wir könnten doch auch ins Kino. Da läuft jetzt
der neue Ninjago-Film«, sagt Luke.

Ich möchte diesen Film auch sehen, aber ich möchte nicht, dass Luke schon wieder alles entscheidet.

»Zoo finde ich besser«, sage ich deshalb.

»Vielleicht … können … wir ja … beides … machen«, mischt sich mein Vater ein. Er spricht so langsam, dass es fast eine Minute dauert, bis er den Satz zu Ende gesprochen hat. »Aber jetzt … müsst ihr … erst mal … in die Schule.«

Nach dem Frühstück hole ich meinen Ranzen aus meinem Zimmer. Dabei höre ich Luke schimpfen, der sein Fußballshirt noch immer nicht gefunden hat.

»Wie soll er es denn auch finden, wenn es in der Abstellkammer liegt?«, flüstere ich Einstein lächelnd zu. Wahrscheinlich versteht mich Einstein nicht, denn er zeigt keine Reaktion, sondern kratzt sich weiter an seinem Hinterteil.

Ich verabschiede mich von ihm, schnappe mir meinen Ranzen und gehe in den Flur.

Luke ist schon dort und flucht vor sich hin.

»Verdammt, diese bescheuerten Schnürsenkel.«

Ich schlüpfe problemlos in meine Schuhe.

»Mist, wer hat die denn so zugeknotet?«, faucht er und wirft mir einen wütenden Blick zu.

»Glaubst du etwa, dass ich deine stinkenden Schuhe anfassen würde?«, fauche ich zurück und fuchtle mit der Hand vor meinem Gesicht herum, um deutlich zu machen, dass Luke Käsefüße hat. Das ist zwar nicht besonders nett, aber zumindest ist es keine Lüge.

Luke ignoriert mich und fummelt weiter an seinen Schnürsenkeln rum, aber er bekommt sie nicht auf. Was mich nicht überrascht, denn ich habe seine Turnschuhe mit einem Superknoten zugeschnürt, den man nur auf eine Art lösen kann: nämlich mit einer Schere. (Den Knoten habe ich übrigens von Jule. In ihrer Detektivphase hat sie sich den selbst beigebracht. Sie meint, wenn man keine Handschellen zur Verfügung hat, ist das der perfekte Knoten, um Diebe festzubinden.)

Luke verliert nun die Geduld. Er donnert seine Schuhe in die Ecke. Ich versuche, nicht zu grinsen. Vor allem, weil Heike jetzt kommt. Sie schaut von Luke zu den Turnschuhen und wieder zurück. »Sag mal, was ist denn hier los?«

»Gar nichts«, brummt Luke.

Weil ich Angst habe, dass Heike noch irgendetwas mitbekommt, verabschiede ich mich schnell und mache mich auf den Weg zur Schule. Es steht nun definitiv 3:2, und bald werden Luke und ich auf Gleichstand sein.

»Hey, das warst doch du!«, zischt Luke, der mir wenig später auf der Straße hinterhergejoggt kommt. Er trägt jetzt alte, verwaschene Sportschuhe, die aussehen, als würden sie tatsächlich kräftig stinken.

»Ich weiß nicht, wovon du redest«, antworte ich und gehe ganz normal weiter in Richtung Bushaltestelle. Normal ist heute mein zweiter Vorname.

»Der Wecker, mein T-Shirt und dann noch die verknoteten Schnürsenkel. Das ist doch kein Zufall.«

Ich sehe Luke ungläubig an. »Und wofür bin ich noch verantwortlich? Für das Wetter und die Erkältung deiner Mutter?«

Luke starrt zurück. In seinen Augen kann ich erkennen, dass er sich nicht ganz sicher ist. Offenbar bin ich eine Top-Schauspielerin, obwohl ich jetzt auch ein bisschen Schuldgefühle habe. Denn der Oberhammer meines Fünf-Stufen-Plans kommt erst noch.

»Ja, wahrscheinlich«, murrt Luke. »Mensch, du nervst einfach mega, Nia. Hätte nicht gedacht, dass es mit dir so anstrengend wird.«

Jetzt fühle ich mich gleich nicht mehr ganz so schuldig.

»Das kann ich nur zurückgeben«, sage ich. Der Bus fährt in die Haltestelle ein. Ohne auf Luke zu warten, steige ich ein und freue mich, als ich Jule in der vorletzten Reihe sehe. Sie deutet auf den Platz neben sich. Ich dränge mich an den anderen vorbei, um zu ihr zu kommen.

»Hallo, Jule.«

»Hi, Nia. Warum sieht dich Luke so verbissen an?«

Mein Blick gleitet zu Luke. Er hat sich zu ein paar Jungs gestellt, die knapp vor uns im Gang an der Haltestange rumstehen. Sie tragen ihre Rucksäcke lässig über einer Schulter und halten sich wohl für megacool.

»Keine Ahnung. Vielleicht weil er denkt, dass ich seinen Wecker verstellt, sein Fußballshirt versteckt und seine Schnürsenkel verknotet habe.« Ich flüstere, damit uns sonst niemand hört.

»Cool.« Jule sieht mich ganz beeindruckt an.

Der Bus fährt an. Jule lächelt noch immer. »Kommt gerade ans Licht, dass Luke tatsächlich ist ein blöder Wicht?«

»Vielleicht. Er war wirklich doof zu mir«, zische ich. »Gestern hat er mich im Gruselhaus allein gelas-

sen, nur weil
ich ihn an
Halloween
einmal mit
meiner Gorilla-Maske
erschreckt habe.
Dabei hab ich das
nicht mal mit
Absicht gemacht.«

»Geschwister-
kampf«, sagt Jule,
als würde das alles
erklären.

»Aber wir sind
nicht mal
echte Geschwister.«

»Das ist egal.« Sie

kramt in ihrem Rucksack nach einem Kaugummi.
»Luke und du, ihr seid beide Einzelkinder. Mann,
Nia, ihr musstet nie Spielsachen teilen. Ihr durftet
immer darüber entscheiden, welche Filme ihr im
Kino guckt, und konntet euch aussuchen, was ihr
am Wochenende machen wollt. Und jetzt ist auf
einmal Schluss damit. So war das zumindest bei mir,
bevor meine Schwestern da waren.«

»Und dann?« Ich beuge mich näher zu Jule. Sie scheint sich mit diesen Sachen wirklich auszukennen.

»Na ja, dann geht es plötzlich nicht mehr nur darum, was du willst. Deine Geschwister wollen nämlich auch den Film aussuchen und darüber bestimmen, was ihr am Wochenende macht – und dann …«

»Beginnt der Krieg«, flüstere ich und schaue zu Luke. Er fängt meinen Blick auf und wedelt plötzlich mit der Hand vor seiner Nase herum. »Hier stinkt's! Aber wie!«, ruft er und auch seine Kumpels verziehen das Gesicht, als wäre gerade eine Stinkbombe neben ihnen explodiert. Wahrscheinlich hat irgendeiner von ihnen gepupst. Luke deutet jedoch in meine Richtung. »Nia, jetzt kannst du dich aber nicht mehr mit deinem Hamster rausreden, oder hast du ihn gerade auch dabei?«

»Mann, halt doch die Klappe«, versucht Jule, mich zu verteidigen. Aber es hilft nichts. Ich merke, wie ich rot anlaufe. Alle Blicke im Bus sind auf mich gerichtet. Gefühlt tausend Augen starren mich an. Ich weiß nicht, was ich sagen soll. Und als die Jungs dann noch zu lachen anfangen, möchte ich mich am liebsten in Luft auflösen.

8.

Der mieseste Zaubertrick der Welt

»Wenigstens hast du es ihm vor-gezahlt«, meint Jule, als wir in unserer Klasse sitzen. Ich habe mich noch immer nicht ganz von der gemeinen Bus-Pups-Beschuldigung erholt. Aber in der Zwischenzeit habe ich Jule zumindest auch noch den Rest von meinem schrecklichen Wochenende erzählt.

»Sonst müsstest du es ihm jetzt heim-zahlen«, erklärt sie beinahe so langsam, wie Papa heute Morgen unterwegs war.

»Trotzdem war es total peinlich.«

Jules Augen funkeln. »Aber auch bei Luke wird es peinlich, wenn er heute seinen Schulranzen aus-packt«, flüstert sie mir zu. »Hoffentlich ist seine Lehrerin nicht krank, oder er merkt schon vorher, was für ein Buch er dabei hat.«

Ich lasse die Schultern sinken. »Das wär's noch. So wie er heute Morgen sein Müsli nicht angerührt hat.«

»Er wird es schon noch essen und sich die Hand auf den Mund pressen«, reimt Jule. Sie nickt sich selbst anerkennend zu. »Ich werde echt immer besser.«

»Womit?«

»Mit dem Reimen. Ich glaube, ich gewinne den Wettbewerb und hole mir den Riesen-Eissalon-Gutschein.« Jule wendet sich wieder mir zu und seufzt. »Jetzt lass den Kopf nicht hängen, du schlägst Luke doch um Längen.«

Es ist süß, wie sie versucht, mich aufzumuntern. Doch im Moment hilft das einfach nicht. Weil alle glauben, dass ich eine Bus-Pupskanone bin.

Jule schiebt sich eine blonde Haarsträhne hinters Ohr. »Pupsen ist doch nicht schlimm. Das machen alle. Und wer behauptet, dass er es nicht tut, der lügt. Mein Vater sagt immer, dass es wie ein Zaubertrick ist, weil man einfach dafür sorgen kann, dass die Luft stinkt.« Sie macht eine kurze Pause und ich muss lachen.

»Kennt dein Vater noch andere Zaubertricks?«

Jule schüttelt den Kopf. »Nein, und ehrlich gesagt will auch niemand, dass er den einen vorführt.«

In dem Moment kommt unsere Klassenlehrerin rein. Sofort wird es mucksmäuschenstill. Frau

Butterbrot (ja, die heißt wirklich so!) mag es nämlich gar nicht, wenn wir zu laut sind.

Frau Butterbrot kommt aus Österreich. Deswegen
hat sie einen lustigen Akzent. Wenn sie etwas besonders gut kann, dann ist es auf Österreichisch schimpfen. Wahrscheinlich macht sie das so gern, weil sie
dabei keiner versteht. (Dabei haben alle in der Klasse
inzwischen kapiert, dass bei Frau Butterbrot alles,
was nicht funktioniert, ein »Klumpert« ist.) Andere
österreichische Worte übersetzt sie uns aber gerne.
Deshalb weiß ich jetzt, dass man in Österreich zu
»Erdbeeren« auch »Ananas« sagen kann, obwohl das
gar keinen Sinn ergibt, da die Österreicher zu der
richtigen Ananas auch Ananas sagen. Es ist ziemlich
verwirrend. Papa meint, dass wir bei Frau Butterbrot
fast eine zweite Sprache lernen.

»Servus, Kinder«, begrüßt sie uns, bevor sie zu
ihrem Lehrertisch geht. Der steht vorne neben dem
Whiteboard.

»Guten Morgen, Frau Butterbrot«, sagen wir alle
zusammen und setzen uns artig an unsere Tische.
Ein paar aus der Klasse kichern noch immer, weil sie
den Namen so lustig finden. Dabei haben wir Frau
Butterbrot schon seit vier Jahren als Lehrerin, also
gleich von Beginn der Grundschule an.

»Ich hoffe, ihr hattet alle ein schönes Wochenende«, sagt Frau Butterbrot lächelnd. Sie trägt einen
Dutt und hat ein rundes Gesicht. Meistens glänzen
ihre Wangen, als hätte sie sich die tatsächlich mit
Butter eingeschmiert.

»Diese Woche gehen wir gemeinsam mit der 4c
ins Theater«, sagt sie dann und klatscht in die Hände.
Frau Butterbrot klatscht gerne in die Hände, vielleicht machen das die Leute in Österreich so.

Ich stöhne. Warum müssen wir ausgerechnet mit
der 4c ins Theater gehen? Das ist doch Lukes Klasse!

»Ich freue mich schon sehr auf das Stück, bei dem
uns die Mama vom Christopher und der Papa von
der Nia begleiten werden. In dem Theaterstück geht
es um den Ritter Don Quijote, über den ich euch
heute etwas erzählen werde.« Sie klatscht noch
einmal und beginnt dann über den Ritter zu reden,
der ganz wild darauf war, gegen Windmühlen zu
kämpfen.

Ich bin nur wild darauf, gegen Luke zu kämpfen.
Ihm geht es anscheinend genauso. Das merke ich in
der großen Pause, als wir uns zufällig über den Weg
laufen. Lukes Augen sind nur noch Schlitze und er
sieht aus, als wollte er damit Blitze auf mich schleu-
dern.

Neugierig sehe ich ihm nach und höre, wie ein paar Jungs aus seiner Klasse »Tut-Tut-Luke!« hinter ihm herrufen. Also haben sie sein Autobuch tatsächlich entdeckt. Grinsend esse ich meinen Apfel zu Ende und mache mich dann wieder auf den Weg in mein Klassenzimmer.

»Oh mein Gott, ich glaube, dein Plan ist aufgegangen«, flüstert mir Jule zu, als sie sich am Ende der Pause wieder neben mich setzt. »Als ich eben vom Klo gekommen bin, hat jemand wie ein Auto gebrummt, als Luke vorbeigegangen ist.«

»Yep. Inzwischen weiß seine ganze Klasse, dass sein ›Lieblingsbuch‹ keine coole Agentengeschichte, sondern ein Auto-Bilderbuch für Vierjährige ist«, erkläre ich und kann mir ein Grinsen nicht verkneifen.

»Hat er es wirklich rausgeholt?«, fragt Jule mit gesenkter Stimme. »Ich dachte, er würde es vorher merken.«

Ich beuge mich ein wenig näher zu ihr. »Vorhin auf dem Pausenhof habe ich gehört, wie sich zwei Mädchen aus seiner Klasse darüber unterhalten haben. Offenbar hat Luke das Buch nur zur Hälfte aus seinem Rucksack gezogen und wollte es dann schnell wieder zurückstopfen. Aber sein Sitznachbar hat das bemerkt, es ihm aus der Hand gerissen und in der ganzen Klasse rumgezeigt. Und jetzt denken alle, er steht auf kleine rote Autos.«

Jule kichert. »Das ist witzig, aber auch ein bisschen gemein.«

»Die Pups-Aktion im Bus war auch gemein«, verteidige ich mich. Dann müssen wir leise sein, weil die Lehrerin in die Klasse kommt.

Als ich mich nach der Schule auf den Weg nach Hause mache, höre ich schon wieder jemanden »Tut-Tut-Luke« rufen. Ich drehe mich um und sehe einen fuchsteufelswilden Luke auf mich zustapfen.

»Das zahl ich dir heim, Nia«, brummt er und seine Stimme klingt so, als würde er es ernst meinen.

9.

Lord Lukerus schlägt zurück!

»Wo ist denn mein Hockey-Schläger?«, rufe ich am Nachmittag durchs Wohnzimmer und suche wie verrückt. Meine Vereinsklamotten habe ich schon an. »Ich muss doch gleich los.«

Heike kommt schniefend auf mich zu. Sie schnäuzt sich und steckt das Taschentuch in ihre Hose. »Wo hast du ihn denn das letzte Mal hingetan?«

»Eigentlich hatte ich ihn in meinem Zimmer, aber dort ist er nicht«, antworte ich. Allerdings muss ich dabei schreien, damit Heike mich versteht. Denn Luke spielt in seinem Zimmer irre laut Schlagzeug. Das nervt tierisch.

»Ich helfe dir suchen«, ruft Heike zurück. Mein Gefühl sagt mir, dass Luke hinter dem Verschwinden meines Schlägers steckt. Entschlossen marschiere ich in sein Zimmer. Luke drischt wie ein Verrückter auf sein Schlagzeug ein.

»Hast du meinen Schläger?«, rufe ich über das Trommeln hinweg.

Luke tut so, als würde er mich nicht hören.

»Hey, ich hab dich was gefragt!«, brülle ich noch lauter.

Luke dreht den Kopf und grinst mich an. Es ist dieses Bösewicht-Grinsen von Lord Lukerus höchstpersönlich. Wenigstens hört er jetzt endlich mal auf zu trommeln.

»Kannst du nicht anklopfen?«, fragt er dann.

»Du hast doch gar nicht gehört, ob ich geklopft hab.«

»Du hast sicher nicht geklopft. Kannst du jetzt wieder abhauen? Das ist mein Zimmer.«

»Nur, weil ich so blöd war, es dir zu geben«, fauche ich und bereue, dass ich so saudumm gewesen bin. Jule hatte von Anfang an recht. »Ich gehe erst, wenn ich meinen Hockey-Schläger habe«, füge ich hinzu.

Luke schaut mich an. »Wieso sollte ich deinen Hockey-Schläger haben? Bin ich denn für alles hier verantwortlich? Etwa auch für das Wetter und die Erkältung meiner Mutter?« Hinter Lukes Kopf taucht ein grimmig grinsender Smiley auf, der mir die Zähne zeigt.

»Gib mir meinen Schläger«, presse ich hervor.

Luke lehnt sich genüsslich zurück. »Weißt du, dass ich vorhin meine T-Shirts in der Abstellkammer gefunden habe?«

»Gratulation. Aber wo ist mein Schläger?«

Er verschränkt die Arme vor der Brust. »Ich frag mich, wie meine Shirts da wohl hingekommen sind.«

»Vielleicht haben sie sich einfach verlaufen.« Ich sehe ungeduldig auf die Uhr. Bald muss ich wirklich los, sonst komme ich zu spät zum Training. Das wäre aber keine gute Idee. Denn unsere Trainerin heißt nicht umsonst die Trillerpfeife.

Also das ist ihr Spitzname. In Wirklichkeit heißt sie Birgit Schumann. Sie ist nett, aber auch sehr streng. Und sie mag es gar nicht, wenn jemand zu spät am Platz erscheint.

Ich mag es auch nicht, wenn ich zu spät zum Training komme. Denn dann muss ich drei extra Runden laufen, zu denen mich die Trillerpfeife verdonnert. Und das ist mir echt zu blöd.

Plötzlich steht Heike in der Tür. »Ich hab deinen Schläger gefunden, er muss wohl unter die Couch gerutscht sein«, sagt sie total erfreut. Dabei hält sie glücklich einen Schläger in der Hand.

Einen Schläger, der ein wenig so aussieht wie meiner.

Einen Schläger, der aber unmöglich meiner sein kann.

Denn am Griff sind ganz viele pinkfarbene Hello-Kitty-Sticker befestigt, die vorher garantiert noch nicht da waren. Nie im Leben käme ich auf die Idee, meinen Schläger zu bestickern und schon gar nicht mit irgendwelchen rosa Katzenbildern.

Heike sieht immer noch so aus, als hätte sie den Schatz des Jahres gefunden. Mein Blick schweift zu Luke, der mindestens ebenso freudig lächelt. Es macht ihm offensichtlich viel Freude, dass er meinen Schläger so verschandelt hat. Obwohl ich am liebsten losheulen würde, lasse ich mir nichts anmerken. Erstens würde sonst mein Fünf-Stufen-Plan auffliegen und zweitens hält Heike sowieso zu Luke. Es hat also keinen Zweck. Deswegen schnappe ich mir nur meinen hässlichen Schläger und bedanke mich kurz bei Heike.

»Gern geschehen«, sagt sie, als es gerade in der Küche zischt. Heike murmelt etwas von wegen Kochtopf und Kartoffeln, bevor sie schnell verschwindet.

»Das war erst der Anfang«, flüstert mir Luke zu. »Wir haben jetzt Krieg, Nia.«

»Von mir aus«, sage ich, auch wenn es sich etwas blöd anfühlt. Aber Luke hat schließlich angefangen. Aktuell führt er noch, es steht 4:2 für ihn.

Mit Schwung drehe ich mich um und laufe hinaus.

Ich schaffe es gerade noch rechtzeitig auf den Hockeyplatz, um von der Trillerpfeife nicht angepfiffen zu werden. Beim Spiel selbst bin ich unkonzentriert, weil ich immer wieder an Luke denken muss. Heckt er jetzt gerade wieder etwas Neues aus? Hätte ich vielleicht besser mein Zimmer abschließen sollen?

10.

Besser die Ohren putzen!

»Einstein, hast du noch eine Idee?«, frage ich meinen Hamster, der mir aber schon wieder nicht antwortet. Ich wünschte, ich könnte seine Gedanken lesen, und stelle mir vor, wie er sich in seinem kleinen Kopf einen äußerst fiesen Schlachtplan überlegt. Stattdessen kratzt sich Einstein aber wieder an seinem weißen Hinterteil und legt sich in die Ecke des Käfigs, um einzunicken.

»Du bist mir ja eine große Hilfe«, murre ich.

Ich sitze am Schreibtisch. Vor mir liegt ein Blatt Papier, das noch immer unbeschrieben ist. Dabei hätte ich hier gerne schon meinen neuen 10-Stufen-Plan festgehalten, um auf Luke vorbereitet zu sein. Denn egal, was er plant, es geht sicher nicht gut für mich aus.

Seufzend drehe ich den Bleistift zwischen meinen Fingern. So ein Geschwisterkampf ist ganz schön stressig. Ein kleines bisschen tut es mir sogar leid, dass ich Luke damals zu Halloween erschreckt habe. Wenn das nicht passiert wäre, hätte er mich wahrscheinlich im Gruselhaus nicht alleingelassen. Und wenn er mich nicht alleingelassen hätte, wäre wahrscheinlich auch alles andere nicht so schlimm geworden. Allerdings scheint er es jetzt richtig zu genießen, mir das Leben schwer zu machen. Sonst hätte er nicht so blöd gelacht, als ich mit meinem Hello-Kitty-Schläger in mein Zimmer verschwunden bin. Ich habe übrigens fünfzig Minuten gebraucht, um die doofen Sticker wieder abzubekommen. Zum Glück hat Luke sie nur draufgeklebt und nicht noch extra Superkleber verwendet.

Aber vielleicht kommt er das nächste Mal auch auf die Idee? Ich beschließe, in Zukunft vorsichtiger mit meinen Sachen zu sein. Sicher ist sicher. Und eins ist sowieso klar: Wenn Luke so viel Spaß daran hat, sich eine Gemeinheit nach der anderen auszudenken, werde ich das sicher nicht auf mir sitzen lassen.

Die nächsten Tage werden deshalb richtig anstrengend. Luke lässt keine Gelegenheit aus, um mir eins

reinzuwürgen. Er streut Salz auf meine Zahnbürste
(das ist wirklich megagemein, denn du siehst das
Salz nicht und es schmeckt echt eklig!), radiert
meine Mathehausaufgabe aus, um falsche Ergebnisse
hinzuschreiben, und hat es irgendwie geschafft, an
meine Socken zu kommen. Ich besitze jetzt nur
noch Einzelstücke, die ich miteinander kombinieren
muss. Heißt für mich: Mein besockter linker Fuß
sieht anders aus als der rechte. Aber natürlich hat
Luke es nicht leichter! Ich bin nämlich richtig sauer
und sehe überhaupt nicht ein, wieso es Lord Lukerus besser gehen sollte.

Bedeutet: Sein Fußballshirt ist jetzt rosa, weil ich
meine neue rote Hose in die Weißwäsche getan
habe (leider sind jetzt auch unsere Handtücher
rosafarben, was Heike zum Glück gut aufgenommen
hat). Seine Schlagzeugsticks sind irgendwie im
Mülleimer gelandet (leider hatte er noch ein Ersatz-
paar) und in seiner Essensbox haben sich kleine
Käfer eingenistet, die ich im Garten gefunden habe.

Jede Nacht grüble ich, was ich am nächsten Tag
noch alles tun könnte, und schlafe deswegen nicht
mehr so lange. Die Sache mit dem Oliven-Müsli hat
aber gut funktioniert.

Luke hätte es fast auf den Frühstücks-
tisch gespuckt. Papa und Heike
wurden ganz aufgeregt und dachten,
dass sich Luke gleich wieder übergeben muss. So wie damals nach
der Achterbahn. Hat er aber
nicht. Stattdessen hat er so
getan, als hätte er sich nur leicht
verschluckt. Ich fand es irgendwie
cool, dass er nichts gesagt hat. Denn das Ganze
hier ist eine Sache, die Luke und ich zwischen uns
klären müssen. Papa und Heike halten wir da raus.

Die beiden sind ohnehin so mit sich selbst
beschäftigt, dass sie von alldem gar nichts mit-
bekommen. Erst als ich ein wirklich schlechtes
Diktat schreibe, weil ich die ganze Zeit nur gähnen
muss, fragt mich Papa beim Abendessen, ob alles in
Ordnung ist.

»Klar«, antworte ich. Es ist Freitagabend und
Heike hat wieder gekocht. Diesmal gibt es Fischstäbchen mit Kartoffelbrei. Ich koste ganz vorsichtig,
weil ich nicht weiß, ob Luke etwas mit dem Püree
angestellt hat. Aus den Augenwinkeln sehe ich, dass
er genauso testet. Aber der Kartoffelbrei ist nur ein
wenig versalzen, wie man das von Heike kennt.

Hätte Luke seine Finger im Spiel, würde das Kartof-felpüree sicher noch viel schlimmer schmecken.

»Dein Sachkunde-Test war auch nicht so gut wie sonst«, sagt Heike zu Luke, der nichts darauf antwortet. »Dein Vater holt dich übrigens dieses Wochen-ende ab und hat versprochen, mit dir ins Kino zu gehen«, fährt Heike fort. Aus der Zeit, als Luke und ich noch miteinander geredet haben, weiß ich, dass sich seine Eltern getrennt haben, als er noch ganz klein war. Als ich ganz klein war, ist meine Mutter gestorben. Leider erinnere ich mich kaum an sie. Manchmal beneide ich Luke darum, dass er noch beide Eltern hat. Sein Vater ist auch noch ziemlich cool und sie verstehen sich alle gut.

Luke lächelt und ich lächle auch. Denn wenn Luke das Wochenende bei seinem Vater verbringt, bedeutet das, dass er nicht zu Hause ist! Yipppie!!! Voller Freude schiebe ich mir gleich ein großes Stück Fischstäbchen in den Mund.

»Das wird sicher spitze«, sagt Luke.

»Was ist mit der Hitze?«, fragt Heike. Sie niest seit gestern weniger, dafür hört sie jetzt schlechter.

»Spitze habe ich gesagt«, erklärt Luke.

Heike trinkt aus ihrem Wasserglas. »Ach so, ja das wird sicher schön für euch.«

»Leider muss ich am Wochenende arbeiten«, sagt mein Vater bedauernd. »Ein Kollege von mir ist krank und ich muss für ihn einspringen.«

»Du musst für ihn einsingen?«, wiederholt Heike verständnislos.

Papa schüttelt den Kopf. »Nein, einspringen«, wiederholt er etwas lauter. »Solltest du nicht vielleicht doch zum Ohrenarzt?«

Heike reibt sich übers Ohr. »Nein, das ist morgen sicher wieder gut. Die restliche Erkältung ist doch auch schon viel besser. Und mach dir wegen dem Wochenende keine Sorgen. Nia und ich können doch etwas gemeinsam unternehmen.« Heikes Augen funkeln. »Ich habe mir schon was Tolles ausgedacht. Eine kleine Überraschung.«

Ich würde mich jetzt wirklich freuen, wenn nicht auf einmal auch Luke so grinsen würde.

»Eine Überraschung?«, wiederhole ich nervös.

Heike nickt noch einmal, jetzt noch freudiger. »Ich habe uns Karten für die Barbie-Ausstellung im Museum besorgt!« Sie strahlt jetzt über das ganze Gesicht und erwartet offenbar, dass ich genauso strahle. Aber ich strahle nicht.

»Du willst mit mir zu einer Puppenausstellung?«

»Das ist keine normale Puppenausstellung. Es steht

alles unter dem Motto Einmal Prinzessin sein. Wir
können uns dort nicht nur die Puppen mit den
schönen Kleidern ansehen, sondern uns auch selbst
verkleiden. Na, ist das nicht super?« Ich schlucke
und bin sprachlos. Aber nicht auf die gute Art. Mit
Prinzessinnen habe ich echt nicht viel am Hut.

»Ich finde es schön, wenn ihr etwas gemeinsam
unternehmt«, stimmt jetzt noch Papa zu und gähnt.
»So ein Tag wird sicher nett, es geht doch um die
gemeinsame Zeit.« Hinter meinem Vater sehe ich
einen beschämten Smiley hochsteigen. Seine Wangen sind rot und er schaut zu Boden. Papa weiß
ganz genau, dass ich Barbies total blöd finde.
Offenbar hat er Heike die Idee aber nicht ausreden
können. Oder er hat die letzten Tage einfach zu
wenig Schlaf abbekommen.

»Das wird sicher voll …«, setze ich an und weiß
nicht, ob ich bescheuert oder doof oder einfach
beides sagen soll.

»Ja, das wird toll«, meint Heike und hat mich ganz
klar falsch verstanden.

Luke legt sein Besteck ab und strahlt mich jetzt an.
»Sicher wird das toll. Voll toll.«

11.

Prinzessin sein, das ist nicht fein!

Lukes Papa sieht aus wie Luke, nur eben in groß. Er hat strubbelige braune Haare, die gleichen grünen Augen und seine Nase ist ein bisschen zu groß für sein Gesicht. Er grüßt mich freundlich. Trotzdem atme ich erleichtert auf, als er und Luke aus der Wohnung verschwunden sind.

Ein Wochenende für mich.

Ohne diese Prinzessinnen-Ausstellung wäre alles super. Aber aus der Veranstaltung komme ich nicht mehr raus. Heike freut sich so dermaßen, dass ich mich nicht traue, ihr die Wahrheit zu sagen.

Gemeinsam betreten wir also am Sonntag das Foyer des Museums. Zu meiner Verstärkung habe ich Jule mitgenommen, die zwar gerade keine Prinzessinnen-Phase hat, sich aber trotzdem freut.

»Nur wir Mädchen«, sagt Heike.

»Das wird lustig«, meint Jule.

»Mal sehen«, sage ich und bin erschlagen von dem ganzen Pink, das uns entgegenstrahlt. Überall hängen rosa Banner mit kleinen Krönchen. Mädchen in Prinzessinnenkleidern rennen über die Treppe. Im Hintergrund dudelt eine grässliche Musik und es riecht ziemlich intensiv nach Rosen.

Heike kauft noch eine Extrakarte für Jule. Dann sehen wir uns die Ausstellung an. Ich muss zugeben, dass es doch besser als erwartet ist. Auch wenn ich Puppen nicht so toll finde, sind ihre Kleider mit den weiten Röcken doch ganz schön.

»Wow. So ein Funkel-Kleid hätte ich auch gerne«, meint Jule und drückt ihre Nase an die Glasscheibe eines Ausstellungskastens. Dahinter steht eine Puppe mit einem gigantischen Tüllkleid, das so groß ist, dass man die Puppe gar nicht mehr sehen kann.

»Das ist wirklich schön, von so etwas hab ich als Kind auch immer geträumt«, schwärmt Heike.

»Also hattest du Albträume?«, frage ich und ernte nur zwei verständnislose Blicke von Jule und Heike.

Die nächsten zwei Stunden verbringen wir damit, uns alle Puppen ganz genau anzusehen. Jule und Heike verstehen sich super. Sie finden ein Kleid hübscher als das andere und bestaunen den glitzernden Schmuck, den die Puppen tragen. Ich beginne mich immer mehr zu langweilen. Irgendwann sehen wirklich alle Puppen gleich aus.

Wie gerne würde ich mir jetzt den nächsten Ninjago-Film im Kino ansehen! Viel lieber als im Museum wäre ich auch im Zoo. Dann könnte ich jetzt der kleinen Nala beim Trompeten zuhören. Doch stattdessen trotte ich Heike und Jule hinterher.

Schließlich kommen die beiden auch noch auf die geniale Idee, sich wie Prinzessinnen schminken zu lassen. Dafür dürfen sie auch in so alte Kleider schlüpfen und sich vor einer pinkfarbenen Wand fotografieren lassen, auf der lauter funkelnde Kronen abgebildet sind.

»Komm, Nia, es wird sicher fein, eine Prinzessin zu sein!«, reimt Jule. Sie sieht mich ganz entzückt an.

»Ich schneid mir lieber ab ein Bein, als eine Prinzessin zu sein«, reime ich zurück. Mir tun die Füße weh und ich habe keine Lust, mich als Prinzessin zu verkleiden. Schminken lassen will ich mich auch nicht.

Doch das ist den beiden anderen egal. Deshalb muss ich auch noch eine Stunde lang zusehen, wie sie sich für ihr perfektes Prinzessinnen-Foto herrichten und dann lachend fotografieren lassen.

Danach bringen wir Jule nach Hause. Das Einzige, worauf ich mich jetzt freue, ist die Packung Pfefferminzeis in unserer Eistruhe. Das Eis ist nämlich grün mit Schokostückchen und garantiert nicht rosa.

Zu Hause angekommen, verschwindet Heike im Badezimmer, um eine heiße Dusche zu nehmen. Ich gehe sofort in die Küche, um mir ein kaltes Eis zu schnappen. Aber ich kann das Pfefferminzeis nicht finden. Stattdessen finde ich Luke. Er sitzt auf der Couch und löffelt gerade meine Eispackung leer.

»Das war meins!«, sage ich wütend.

»Da war aber kein Namensschild drauf«, gibt Luke blöd zurück. Er liegt ausgestreckt auf der Couch, auf der eigentlich ich immer liege. Genießerisch schiebt er den letzten Löffel Eis in seinen Mund.

»Das war wirklich lecker, Nia.«

Ich merke, wie ich wütend werde. Am liebsten würde ich schreien und Luke das Eis ins Gesicht donnern, wenn noch etwas davon übrig wäre.

»Das zahl ich dir heim«, verspreche ich ihm und stapfe wütend in Lukes Zimmer, das eigentlich mal meins war.

Immer kriegt Luke alles! Zuerst mein Zimmer, dann den Ausflug und jetzt auch noch mein Eis! Während er mit seinem Vater im Kino war, musste ich mit seiner Mutter zu dieser bescheuerten Puppenausstellung. Mir reicht es!

»Was machst du da?!«, herrscht Luke mich an, als ich sein Schlagzeug aus dem Zimmer schiebe. Um mich herum schweben orangefarbene Smileys mit zusammengekniffenen Augen und einem Fluchbalken über dem Mund.

»Ich will mein Zimmer zurück! Deswegen siedle ich dich jetzt um. Mir ist egal, wo du Schlagzeug spielst, aber sicher nicht mehr in meinem Zimmer!«

Luke schüttelt den Kopf. »Das ist nicht mehr dein Zimmer, Nia. Du hast es mir geschenkt!«

»Ich will es aber wieder zurück!«

»Geschenkt ist geschenkt. Wiederholen ist gestohlen!«, faucht mich Luke an und drückt von der anderen Seite gegen das Schlagzeug. Ich halte dagegen, erkenne aber schon jetzt, dass das keinen Sinn hat.

»Gut, dann hole ich eben meine Sachen. Du kannst dein Zeug ruhig allein rüberschleppen«, schnaube ich und marschiere in mein jetziges Zimmer. Luke folgt mir. Ich überlege, womit ich anfangen soll.

»Ich kann dir gern helfen«, meint Luke mit einem seltsamen Unterton in der Stimme. Mit raschen Schritten ist er bei Einsteins Käfig und zieht ihn vom Tisch.

»Lass Einstein da raus!«, zische ich.

»Ich will dir doch nur helfen, Nia«, sagt Luke. Hinter seinem Kopf taucht ein riesiger Smiley auf, der so böse grinst, dass mir beinahe schlecht wird.

»Lass Einstein los!«

»Was? Ich soll ihn jetzt einfach fallen lassen?«, fragt Luke und hält den Käfig nur noch mit einer Hand schief in der Luft. Mein Blick schweift hektisch über die Gitterstäbe. In diesem Moment steckt Einstein vorsichtig seine Nase aus der Hütte. Wahrscheinlich hat er die ganze Zeit geschlafen und ist erst durch Lukes Gerüttel aufgewacht.

Mein Herz trommelt wie verrückt gegen meine Brust. Ich habe Angst, dass Luke den Käfig jetzt wirklich fallen lässt.

»Nein!«, schreie ich deshalb und laufe auf Luke zu, um den Käfig an mich zu reißen. Dabei beginnen wir beide, von verschiedenen Seiten an den Gitterstäben zu zerren.

»Lass los!«, kreische ich.

»Lass doch selber los!«, schreit er zurück. Plötzlich spüre ich, wie mir der Käfig aus den Fingern rutscht. Mit einem Mal ist alles leer in meinem Kopf. Luke taumelt durch seinen eigenen Schwung einen Schritt zurück und stolpert dabei über meinen Rucksack. Dann geschieht alles wie in Zeitlupe und trotzdem rasend schnell. Luke fällt. Ich schreie. Und Einstein wird in seinem Käfig hoch in die Luft geschleudert, bis es aussieht, als würde er Richtung Himmel fliegen.

Allerdings nur ungefähr eine Sekunde lang – dann muss ich hilflos zusehen, wie der Käfig auf den Boden knallt.

»Nein!«, schreie ich noch mal und stürze zu ihm.

»Oh, nein!«, keucht auch Luke, der schnell versucht, sich wieder aufzurichten. Doch es ist schon zu spät. Der Käfig ist seitlich auf dem Teppich gelandet.

»Was hast du nur getan!«, schluchze ich.
Eilig stelle ich den Käfig auf, öffne die
Gittertür und sehe mit bebenden Fingern nach,
ob Einstein den Sturz überlebt hat.

Bitte, bitte – hoffentlich geht es ihm gut!

12.

Als uns Einstein vom Himmel fiel

»Verdammt. Nia, das wollte ich nicht.« Lukes
Stimme ist ganz anders als vorhin. Er schluckt und
starrt mit großen Augen auf den Käfig. Ich halte
angestrengt meine Tränen zurück. Dann strecke ich
Einstein vorsichtig meine Hand entgegen.

Er sitzt etwas verängstigt in einer Ecke. Zum
Glück ist er auf einem kleinen Hügel Holzspäne
einigermaßen weich gelandet. Und zum Glück ist
nicht die Holzhütte auf ihn draufgefallen. Sein
weißes Fell steht noch wilder von seinem Körper ab
als sonst.

»Hey. Ist alles okay?«, flüstere ich und nehme
Einstein auf die Hand. Er pupst gewaltig, bevor er an
meinen Fingern schnuppert.

Luke und ich atmen beide tief durch. Einstein
sieht aus wie immer. Er scheint okay zu sein.

»Gott sei Dank«, murmelt Luke. Er setzt sich zu

mir auf den Boden. Dann lehnt er seinen Rücken gegen die Wand und fährt sich mit den Fingern durch seine verstrubbelten braunen Haare. »Ich dachte schon …«

»Ich auch«, flüstere ich. Der Schreck sitzt mir noch immer in den Knochen. Sanft streichle ich Einsteins weißes Fell.

»Wir müssen damit aufhören«, sage ich.

»Ja. Das müssen wir«, murmelt Luke.

Einen Moment lang ist es still.

»Irgendwie ist alles total irre geworden«, murmele ich.

Luke streckt die Beine aus. »Das war aber nicht meine Schuld.«

»Willst du damit sagen, dass es meine war?«, frage ich empört.

Er stöhnt genervt. »Willst du jetzt schon wieder anfangen?«

Einen Moment lang funkeln wir uns gegenseitig an.

»Nein«, sage ich schließlich.

»Ich auch nicht«, sagt Luke. »Außerdem hab ich gar nicht gemeint, dass du allein schuld bist.« Er macht eine kurze Pause, in der er Einstein mustert. »Wir haben beide gleich viel geärgert, findest du nicht?«

Ich nicke und streichle wieder meinen Hamster. »Ich wollte dich zu Halloween nicht erschrecken. Nur dass du es weißt.«

»Schon gut. Ich hab es dir ja im Gruselhaus heimgezahlt.«

»Ja. Und ich dir mit der Achterbahn.«

»Yep. Das war nicht schön.«

»Der Rest auch nicht«, sage ich leise und kaue auf meiner Unterlippe.

Einen Moment lang ist es wieder still.

»Ich hab mir das echt anders vorgestellt«, füge ich irgendwann hinzu.

»Ich auch.« Er seufzt. »Ich dachte, mit dir zusammenzuwohnen würde cool werden. Aber stattdessen …«

»… war es wie ein langer, schrecklicher Albtraum.«

Luke nickt düster.

»Wahrscheinlich hat Jule recht«, sage ich. »Wir sind beide Einzelkinder und sind es einfach nicht gewohnt, dass jemand anderes darüber bestimmt, was wir am Wochenende machen.«

»Oder welche Filme wir auf Netflix gucken«, ergänzt Luke.

Ich sehe ihn von der Seite an. »Irgendwie war es

echt schöner, als ich noch allein mit Papa gewohnt habe.«

»Sehe ich genauso«, sagt Luke. »Also – ich hab ja nie mit deinem Vater zusammengewohnt. Aber ich mochte mein Leben auch lieber, als ich noch allein mit meiner Mutter war. Sie hat es nämlich nie gestört, wenn ich bis in die Nacht hinein getrommelt habe.«

»Wieso hat sie das eigentlich nie gestört?«

»Keine Ahnung.« Luke zuckt mit den Schultern.

Ich muss grinsen, als mir ein Gedanke kommt. »Wahrscheinlich, weil sie so laut schnarcht, dass sie dein Getrommel nicht hört.«

»Hey.« Luke stößt mich leicht mit dem Ellenbogen an. »So megalaut schnarcht sie nun auch wieder nicht.«

»Ich finde schon.«

Wir müssen beide grinsen. Für einen kurzen Moment fühlt es sich wieder an wie früher. Und wir merken beide, dass wir genau deshalb in unser altes Leben zurückwollen.

»Vielleicht sind wir einfach nicht so der Typ, der gut mit Geschwistern klarkommt«, sage ich nachdenklich. »Vielleicht sind wir auch schon zu alt, um uns jetzt noch daran zu gewöhnen.«

»Kann gut sein«, sagt Luke.

»Und was machen wir jetzt?« Ich lasse Einstein von meiner Hand herunter. Sofort wuselt er pupsend über den Teppichboden. Es scheint ihm wirklich gut zu gehen.

Luke stützt seine Arme auf den Knien ab. »Keine Ahnung. Was hältst du davon, wenn wir uns etwas überlegen, damit es wieder so wird wie vorher.«

»Aber eure Wohnung …«, setze ich an. »Ich dachte, die wird wegen des Wasserschadens noch immer renoviert.«

Luke legt seine Stirn in Falten. Das macht er immer, wenn er angestrengt über etwas nachdenkt.

»Vielleicht müssen wir ja gar nicht in unsere Wohnung zurück«, sagt er schließlich.

Ich kneife die Augen zusammen. »Aber hierbleiben könnt ihr auch nicht.«

Luke schüttelt schnell den Kopf. Plötzlich glänzen seine grünen Augen vor Aufregung. »Vielleicht müssen wir das auch gar nicht!« Er springt auf und beginnt in meinem Zimmer hin und her zu laufen. Schnell schnappe ich mir Einstein und stecke ihn zurück in seinen Käfig. Nicht, dass Luke auch noch auf ihn drauftritt, nachdem uns der Käfig schon runtergefallen ist.

»Was meinst du?«, frage ich ungeduldig. »Wo wollt ihr denn sonst wohnen? Etwa im Gruselhaus?«

Luke grinst über das ganze Gesicht. »Nein«, sagt er und bleibt endlich stehen. »Bei meinem Vater.«

Ungläubig schüttele ich den Kopf. »Aber deine Mutter ist doch jetzt mit meinem Vater zusammen. Wie stellst du dir das vor?«

Luke beginnt wieder im Zimmer hin und her zu rennen. Dabei bekommt er noch mehr Dackelfalten auf der Stirn.

»Nur weil unsere Eltern im Moment zusammenwohnen, heißt es nicht, dass das für immer so bleibt«, erklärt er mir. »Meine Eltern waren schließlich auch mal zusammen und haben sich wieder getrennt.«

Ich hole tief Luft. Irgendwie fühlt es sich nicht richtig an, Heike und Papa auseinanderzubringen. Aber ich merke, dass es sich noch viel unrichtiger anfühlt, mit Luke weiter unter einem Dach zu wohnen.

»Wieso haben sich deine Eltern eigentlich getrennt?«

Luke bleibt stehen. Er zuckt mit den Schultern. »Ich weiß nicht genau. Ich war noch ziemlich klein. Aber ich glaube, sie haben immer gestritten, weil mein Vater zu viel gearbeitet hat.«

»Und arbeitet dein Vater jetzt weniger?«, frage ich.
Dabei fühle ich mich wie einer dieser Bösewichte,
die in den Filmen immer superfiese Pläne aushecken
und dazu auch noch grinsen. Manchmal streicheln
sie dabei auch noch eine weiße Katze. Ich schiele
auf Einsteins Käfig. Zumindest habe ich einen weißen Hamster.

»Ich glaube schon, dass Papa weniger arbeitet«,
antwortet Luke auf meine Frage. »Er wirkt in letzter
Zeit irgendwie entspannter. Und er hat mir auf dem
Weg ins Kino erzählt, dass seine Firma gerade richtig gut läuft.« Luke geht zu meinem Schreibtisch
und schnappt sich die rote Lavaknete. Scheinbar
braucht er etwas, um seine Hände zu beschäftigen.

Nachdenklich kaue ich auf meiner Unterlippe.
Ganz wohl ist mir bei der Idee noch immer nicht.
Doch dann denke ich an Heike und Papa. Heike hat
Lukes Vater mit einem Küsschen begrüßt. Anscheinend mag sie ihn noch ziemlich gerne. Und Papa
hat in letzter Zeit immer furchtbar müde ausgesehen. Vielleicht würde es ihn gar nicht stören, wenn
Heike wieder auszieht. Vielleicht geht es Papa mit
Heike genauso wie mir mit Luke! Am Anfang hat er
sich auf sie gefreut. Doch als er dann gemerkt hat,
wie es ist, keine Nacht mehr ruhig schlafen zu kön-

nen, hat er sich vielleicht ein bisschen weniger gefreut. Ich könnte mir echt vorstellen, dass er es gar nicht so schlimm findet, wenn sie und Luke wieder ausziehen!

»Okay«, sage ich und schaue Luke entschlossen an.

»Du bist dabei?« Luke sieht aufgeregt und nervös zugleich aus.

»Ich bin dabei. Wir tun nichts Schlechtes. Wir sorgen nur dafür, dass deine Eltern sich wieder verstehen.«

Jetzt, wo ich den Entschluss erst einmal gefasst habe, fühlt es sich schon viel besser an. Meine Zweifel verschwinden langsam. Und das komische Gefühl in meinem Bauch wird auch immer kleiner.

»Genau«, sagt Luke und quetscht die rote Knetmasse so fest, dass sie ganz platt wird. »Außerdem zeigen wir meiner Mutter und deinem Vater, wie es wäre, wenn du und ich weiter unter einem Dach leben müssten.«

»Das wäre schrecklich«, murmele ich.

Luke lacht. »Das stimmt. Bisher haben wir sie ja aus allem rausgehalten. Ich glaube, wir sollten das in Zukunft einfach nicht mehr tun.«

»Wir brauchen auf alle Fälle einen Plan«, sage ich. Schnell springe ich auf und renne zu meinem

Schreibtisch. Dort hole ich ein neongelbes Blatt Papier aus der Schublade.

»Einen ultra coolen Schlachtplan«, stimmt Luke zu und stellt sich neben mich.

»Einen Plan mit mehreren Stufen«, ergänze ich. (Ich mag Pläne mit mehreren Stufen.) Stufe 1: Heike und Papa auseinanderbringen, schreibe ich auf.

»Stufe 2: Meine Mutter und meinen Vater wieder zusammenbringen«, diktiert Luke.

Stufe 3: Endlich aus der Geschwister-Hölle ausbrechen, ergänze ich darunter und mache ungefähr zehn Ausrufezeichen.

13.

Der Ekel-Kuchen

»Was habt ihr denn hier gemacht?!«, fragt mein Vater
fassungslos. Erschrocken schaut er sich in der Küche
um. Es sieht tatsächlich so aus, als hätte hier eine
Bombe eingeschlagen.

Töpfe und bunte Schüsseln stehen wild verteilt
auf der Anrichte. Der Esstisch und der Küchenboden sind voller Mehl, etwas Teig tropft vom
Kühlschrank.

»Wir backen einen Kuchen«, sage ich stolz.

Mein Vater reibt sich über die Stirn. »Einen
Kuchen? Und wofür braucht ihr den?«

»Für den Reim-Wettbewerb. Also eher für
danach«, erklärt Luke, der gerade den restlichen
Teig knetet. Er sieht nicht besonders hübsch aus
(also der Teig, nicht Luke), was wahrscheinlich an
der grün-braunen Farbe des Teigs liegt. Die Farbe
kommt wiederum von dem ganzen Zeug, das wir

in den Teig gemischt haben. Wir haben echt so ziemlich alles hineingeschmissen, das wir finden konnten. Es hat Spaß gemacht, die Gewürzgurken und die Weintrauben mit dem Mixer klein zu hacken und dann alles mit Ketchup, Mehl und Salz zu einer hässlichen Masse zu vermanschen.

»Beim Wettbewerb wird es nämlich ein Büfett geben. Die Eltern sollen Kuchen mitbringen«, erklärt Luke weiter und ich ziehe zum Beweis einen Elternbrief hervor.

»Wir dachten, dass wir euch etwas helfen und wollten schon mal einen Kuchen vorbacken«, sage ich.

»Das ist aber nett von euch«, meint Papa und zwingt sich zu einem Lächeln. Dabei sehe ich noch immer den erschrockenen Smiley mit dem offenen Mund hinter ihm schweben, der sich mit beiden Händen an die Wangen fasst. Papas Blick huscht vom Esstisch zu den Küchenschränken und ich kann einen Hauch Verzweiflung darin erkennen.

Papa hasst Unordnung.

»Ich finde die Idee auch prima. Selbst wenn ich wieder mal fast alles alleine machen muss«, motzt Luke. Er wirft mir einen giftigen Blick zu.

Das ist mein Stichwort.

»Ich habe doch alles vorbereitet!«, sage ich

wütend. Wenn ich selbst nicht wüsste, dass ich nur schauspielere, würde ich mir das echt abkaufen.

»Du hast nur die blöden Gurken zerhackt, und deswegen schmeckt der Teig jetzt so eklig!«, gibt Luke zurück. Ich muss zugeben, dass Luke seine Sache auch nicht schlecht macht. Seine Augen sind zusammengekniffen und er hat diesen grimmigen Zug um den Mund. Fast könnte ich glauben, dass er es wirklich ernst meint.

»Der Teig schmeckt immer noch gut!«, schreie ich.

»Tut er nicht!«

»Tut er wohl!«

Luke und ich beginnen, uns gegenseitig anzuschreien. Dabei werden wir immer lauter und lauter. Es dauert einen Moment, bis mein Vater dazwischengeht. Luke und

ich streiten inzwischen so laut, dass es selbst unsere
Nachbarn hören müssten.

»Kinder! Stopp!«, brüllt Papa und stellt sich
zwischen uns. Dabei rutscht er auf einem Klecks
Teigmatsche aus und kann sich gerade noch an der
Küchentheke abfangen. Ich sehe, wie er mit den
Fingern gegen eine offene Packung mit rohen Eiern
stößt. Die Packung kommt ins Rutschen und landet
direkt auf Papas Stirn. Alle drei Eier gehen mit
einem leisen Knacksen kaputt.

»Ahhh!«, schreit Papa. Eine Mischung aus Eidotter
und Eiklar rinnt ihm von der Stirn abwärts über die
Augen und Wangen.

»Oh nein«, sage ich. Hektisch drücke ich Luke die
Schüssel mit dem Ekel-Teig in die Hand, um für
Papa ein trockenes Geschirrtuch zu holen.

»Mist!«, ruft Luke, als ihm die Schüssel aus den
Fingern rutscht.

»Ahhhhh!!!«, schreit Papa ein zweites Mal, als nun
auch noch der ganze Ekel-Matsch-Teig in seinen
Haaren landet und von dort langsam nach unten
tropft.

Luke und ich sind sofort still.

Papa richtet sich langsam auf. Sein ganzes Gesicht
ist mit dem ekelhaften Weintrauben-Eidotter-

Ketchup-Gurken-Mehl-Salz-Teigmatsch bedeckt.
Er sieht schlimmer aus als die Zombies, die ich in
der Kita gezeichnet habe.

»Tut mir leid«, sagt Luke. »Das war echt keine
Absicht.«

Papa sagt gar nichts.

»Der schöne Kuchen«, seufze ich. »Jetzt müssen
wir für den Reim-Wettbewerb nächste Woche noch
einen machen.«

»Nein!«, keucht Papa. Dabei bekommt er etwas
Teig in den Mund. Hinter seinem Kopf kann ich
ganz klar den kotzenden Smiley aufsteigen sehen.

»Wir machen den Kuchen«, schnauft er dann.
»Heike und ich.« Er wischt sich mit beiden Händen
den Ekelteig aus dem Gesicht. »Oder besser ich
allein«, murmelt er dann leise.

In dem Moment kommt Heike vom Einkaufen
zurück. Als sie die Küche sieht, fallen ihr fast die
Einkaufstüten auf den Boden.

»Oh. Mein. Gott. Was ist denn hier passiert?«

»Wir wollten backen«, sagt Luke, während aus
Papas Haaren noch immer der Teig tropft. Ich
beschließe, den Moment zu nutzen, um mich noch
einmal mit Luke zu streiten.

»Das ist alles deine Schuld!«, behaupte ich.

»Gar nicht, du hast mir doch die Schüssel so blöd in die Hand gedrückt!«, schreit Luke zurück. Wir sind total in unseren Rollen, als Heike die Hände über den Kopf schlägt und Papa ins Bad rennt, wo er brüllt, dass wir endlich aufhören müssen. Heike droht uns jetzt mit iPad-Verbot. Aber selbst das kann uns nicht davon abhalten, uns gegenseitig zu beschimpfen.

Irgendwann schicken uns Papa und Heike einfach ins Bett. Mit hängenden Köpfen marschieren wir in unsere Zimmer, doch bevor wir die Tür schließen, zwinkern wir uns noch einmal zu.

»Das hat ja schon mal super geklappt«, flüstere ich Einstein zu, der an den Gitterstäbe kratzt und zur Feier des Tages kräftig pupst.

14.

Streiten, streiten, streiten

In den nächsten Tagen streiten Luke und ich uns bei jeder Gelegenheit. Heike und Papa sind schon total genervt und verdrehen immer die Augen, wenn sie uns sehen.

Wir sind dagegen total stolz auf uns und zwinkern uns oft im Geheimen zu, wenn es keiner sieht.

Die erste Phase unseres Plans klappt prima und es macht richtig Spaß, mit Luke an einem Strang zu ziehen.

Dabei sind Luke und ich echte Talente. Wir

können wirklich über alles streiten. Zum Beispiel über das Fernsehprogramm, das letzte Glas Orangensaft oder wer die Zahnpastatube zumachen muss.

Außerdem können wir zu jeder Tageszeit streiten. Morgens, direkt vor der Schule oder danach beim Mittagessen. Auch am Nachmittag und am Abend bekommen wir einen richtig schönen Streit hin.

Nur in der Schule, wenn Heike und Papa nicht da sind, da streiten wir nicht. Da unterhalten wir uns ganz nett und es ist eigentlich fast so wie früher.

Nur eben ein bisschen aufregender.

Um Heike und Papa noch mehr zu nerven, haben wir auch schon Phase zwei unseres fiesen Trennungsplans eingeleitet. Wir verstecken die Dinge, die für die beiden besonders wichtig sind. Zum Beispiel Papas Kaffee, den er immer trinkt, damit er nicht so müde ist. Oder Heikes geheimen Süßigkeitenvorrat, von dem sie immer isst, wenn sie Stress hat (und den hat sie in letzter Zeit ziemlich häufig).

Sehr praktisch ist, dass Luke und ich die beiden supergut kennen. Wir wissen also, was die Schwächen von Heike und Papa sind. Und die spielen wir jetzt voll und ganz aus! Wir lassen immer das Licht brennen, weil Heike das nicht leiden kann. Für Papa machen wir dafür eine riesige Unordnung.

Das ist gar nicht schwer. Man muss einfach nur seine Sachen überall liegen lassen. Ich bin Experte darin. Manchmal tun mir Heike und Papa fast ein bisschen leid. Aber dann erinnere ich mich wieder an Einsteins Beinahe-Tod-Erfahrung und weiß, wozu wir das alles hier machen. Es ist für eine gute Sache.

Jedes Mal, wenn ich Einstein von unseren Streichen erzähle, pupst er. Ich stelle mir vor, dass er unseren Plan so richtig gut findet und selbst ein paar tolle Vorschläge hätte, wenn er mit mir sprechen könnte.

Parallel zu Phase zwei findet auch schon Phase drei statt. Luke und ich haben beschlossen, so richtig schlecht in der Schule zu werden. Wenn Eltern eins nicht leiden können, dann sind das Lehreranrufe.

»Vorhin war deine Deutschlehrerin am Telefon«,

höre ich Heike zu Luke sagen. Die beiden sitzen im Wohnzimmer und ich drücke mich gegen die Wand, damit ich sie beide sehen kann, sie mich aber nicht.

Luke liest in einem Comic und reagiert nicht.

»Willst du denn gar nicht wissen, wieso Frau Butterblume angerufen hat?«

»Frau Butterbrot«, korrigiert Luke seine Mutter gelangweilt.

Heike nimmt Luke den Comic aus der Hand. »Frau Butterbrot meinte, dass du in letzter Zeit recht unkonzentriert bist. Deinem Mathelehrer ist das auch schon aufgefallen. Du sollst beim letzten Mathetest nicht alle Rechnungen gemacht haben.«

Luke zuckt mit den Schultern und wirkt, als hätte er keinen blassen Schimmer, wovon Heike redet. Ich finde, er sollte nicht nur Synchronsprecher werden, sondern auch selbst im Fernsehen mitspielen. Er macht das echt gut.

»Ist irgendetwas?«, fragt Heike. »Du weißt, dass wir über alles reden können.«

»Nein, es ist nichts«, meint Luke.

»Ich weiß, die Situation hier ist neu, aber wir bekommen das hin, versprochen.« Heike lächelt Luke an und fährt ihm sanft über den Arm. Luke lächelt gequält zurück.

»Außerdem hat mich Frau Butterblume gefragt, ob ich euch übermorgen zu eurem Theaterbesuch begleiten kann. Eine Mutter ist leider krank geworden und ich habe spontan zugesagt.«

»Sie heißt Butterbrot«, sagt Luke. »Aber cool, dass du dabei bist.« Dann sieht er in meine Richtung und lächelt. Luke scheint eine Idee zu haben und sich zu freuen, dass wir übermorgen mit Heike, Papa und Frau Butterbrot ins Theater gehen. In dem Moment klingelt es an der Tür und ich zische schnell in mein Zimmer.

Denn ich weiß, wer gleich die Wohnung betreten wird.

Kurz darauf höre ich auch schon die Stimme von Lukes Vater Tom. Tom ist besonders gut darin, irgendwelchen Leuten irgendwelche Sachen zu verkaufen. Deshalb ist seine Firma in letzter Zeit sehr erfolgreich. Heute ist er aber nicht vorbeigekommen, weil er was verkaufen will, sondern weil Luke seinen Pullover bei ihm vergessen hat. Luke hat behauptet, dass er ohne den Pullover nicht leben kann – was natürlich totaler Quatsch ist.

In Wirklichkeit wollen wir nur, dass Tom und Heike miteinander reden können, wenn mein Papa nicht da ist. Phase vier unseres Plans scheint auch wirklich zu klappen, denn Heike und Tom trinken in der Küche einen Kaffee zusammen.

»Läuft«, sagt Luke, nachdem er sich in mein Zimmer geschlichen hat. Er hält einen Umschlag in der Hand und fuchtelt damit herum. »Mein Brief ist fertig.«

»Meiner auch«, sage ich und streiche über Einsteins Fell, mit dem ich auf dem Bett sitze (also mit dem ganzen Einstein, nicht nur mit seinem Fell). Dabei fühle ich mich jetzt wirklich wie so ein Oberbösewicht. Selbst Einstein sieht mit seinem kleinen Gesicht irgendwie gefährlich aus.

»Es klappt alles total super«, sagt Luke. »Ich werde Papa gleich den einen Brief in die Tasche schmuggeln und nachher so tun, als hätte ich den anderen Brief einfach am Tisch gefunden.«

»Glaubst du denn, dass sie uns das abkaufen?«, frage ich. »Ich meine, schreiben sich die Erwachsenen überhaupt noch Briefe, um sich zu treffen?« Erwachsene sind zwar alt, aber vielleicht nicht wirklich so alt?

Luke kratzt sich an der Stirn. »Stimmt. Als wir darüber gesprochen haben, hat es sich irgendwie logischer angefühlt.« Er macht eine kurze Pause. Dabei presst er die Lippen aufeinander und legt die

Briefe auf meinen Schreibtisch. »Soll ich mir einfach Mamas Handy schnappen und meinem Papa heute Abend eine WhatsApp schreiben?«

»Gute Idee«, sage ich, weil es wirklich eine gute Idee ist. »Weißt du den Code für ihr Handy?«

Luke nickt. »Natürlich. Ihr Geburtsdatum. Mama ändert den Code nie, weil sie Angst hat, ihn dann zu vergessen.«

»Aber was ist, wenn Heike die Nachricht liest, die sie gar nicht selbst geschrieben hat?«

Luke lehnt sich gegen den Schreibtisch. »Kein Problem«, sagt er und grinst. »Die kann man einfach löschen. Genauso wie Papas Antwort, sollte er überhaupt zurückschreiben.« In diesem Moment pupst Einstein und ich bin mir sicher, dass er das mit Absicht macht.

Er findet unseren Plan einfach super.

15.

Sind Pommes frites romantisch?

Am nächsten Tag bin ich total aufgeregt. Heute sollen Heike und Tom sich zum ersten Mal allein treffen. Luke und ich haben irre lang diskutiert, was in der Nachricht von seiner Mutter stehen soll. Denn: Wie sollen wir Lukes Vater zu einem Treffen locken, ohne dass Heike merkt, dass er hergelockt wurde?

Diese WhatsApp-Nachricht haben wir dann schließlich abgeschickt:

Wollen wir morgen gemeinsam Mittagessen? Ich könnte jemanden zum Reden brauchen. Holst du mich um eins von der Arbeit ab? Lass uns einfach so tun, als ob es deine Idee wäre, okay? 😊

Dafür haben wir ewig gebraucht. Es ist nämlich ganz schön schwer, wie Erwachsene zu schreiben.

Außerdem darf Tom die Nachricht nicht verraten, wenn er pünktlich zu Heikes Mittagspause vor ihrem Büro steht.

Aber damit ist noch lange nicht alles geschafft. Schließlich müssen Luke und ich bei dem Treffen dabei sein, um sicherzugehen, dass alles nach Plan läuft. Wie zwei Spione, die eine geheime Mission erfüllen, düsen wir nach der Schule mit dem Bus direkt zu Heikes Arbeit.

Kurz vor eins sind wir da und verstecken uns in einem kleinen Park auf der anderen Straßenseite. Heikes Büro ist in einem großen, hellblauen Haus mit weißen Fenstern. Eigentlich sieht es sehr hübsch aus. Aber ich bin so aufgeregt, dass mir total schlecht ist.

Luke kauert mit mir hinter einem Busch. Dabei drückt er eine rote Rose fest gegen seine Brust. Die haben wir auf dem Weg hierher gekauft, um romantische Stimmung zu erzeugen.

»Da!«, wispere ich. »Da ist er!« Hektisch deute ich auf Lukes Vater, der gerade um die Ecke biegt. Er hat das Handy am Ohr und lacht beim Telefonieren.

»Okay. Wir warten, bis er an der Tür geklingelt hat«, sagt Luke. »Dann renne ich rüber und schmeiße die Rose hin.« Luke sieht jetzt mindestens genauso nervös aus, wie ich mich fühle.

»Und was ist, wenn er dich sieht?«, flüstere ich.

Luke zuckt mit den Schultern. »Ich muss eben aufpassen. Außerdem telefoniert er ja. Beim Telefonieren bekommt Papa nichts anderes mit.«

»Vielleicht ist es aber doch besser, wenn ich das mit der Rose mache«, höre ich mich sagen. Gleichzeitig bekomme ich einen Riesenschreck. Ich will das mit der Rose überhaupt nicht machen! Aber noch weniger will ich, dass unser Plan schiefgeht. »Dein Papa kennt mich nicht so gut wie dich. Ich mach's.« Entschlossen strecke ich die Hand aus.

»Okay«, sagt Luke zögernd und gibt mir die Rose.

Zum Glück hat die Blumenverkäuferin die Dornen am Stiel abgeschnitten. Ich warte, bis Lukes Vater vor der großen Eingangstür steht, dann zische ich mit gesenktem Kopf los.

Blitzschnell rase ich zu dem hellblauen Haus, lasse die Rose hinter Lukes Papa auf den Boden fallen, und rase wieder zurück. Dort stürze ich mich zu Luke hinter den Busch.

Mein Herz klopft so schnell, dass ich es in den Fingerspitzen fühlen kann.

»Und? Hat er mich gesehen?«, keuche ich.

Luke schüttelt den Kopf. »Nein. Hast du super gemacht, Nia.« In diesem Moment beendet Tom sein Telefonat. Er dreht sich um und entdeckt die Rose auf dem Boden. Nachdenklich hebt er sie auf.

Luke grinst zufrieden und hält mir die Hand zum Abklatschen hin.

Ich bin unglaublich froh, dass es geklappt hat.

Kurz darauf kommt Heike aus der Tür. Sie sieht überrascht aus. Trotzdem begrüßt sie Tom mit einem Küsschen. Er streckt ihr die Rose hin und sie sieht noch überraschter aus.

»Meinst du, sie gehen zum Italiener?«, flüstere ich.

»Ich hoffe es«, flüstert Luke zurück. Der Italiener ist ein romantisches Restaurant gleich um die Ecke. Luke hat mir erzählt, dass Heike da manchmal zu Mittag isst.

Heute aber anscheinend nicht. Stattdessen deutet sie auf eine Pommesbude an der Ecke. Tom und sie gehen rüber und bestellen Pommes. Wir folgen ihnen unauffällig.

Die Pommesbude steht am Rande des kleinen Parks, sodass es auch hier genug Bäume und Büsche gibt, hinter denen wir uns verstecken können.

»Ich hab gar nicht mit dir gerechnet«, sagt Heike gerade zu Tom. Sie tunkt eine Pommes in den Ketchup und beißt ab. Sehr romantisch sieht das nicht aus.

Tom zögert. Wahrscheinlich denkt er, dies ist der Moment, wo er so tun soll, als ob es seine Idee gewesen ist.

»Ist alles okay bei dir, Heike?«

Sie isst noch eine Pommes und seufzt. »Ich weiß es ehrlich gesagt nicht.« In diesem Moment sieht sie furchtbar traurig aus. Ich muss an die vielen Streitereien denken, die Luke und ich ihr vorgespielt haben. Einmal waren Heike und mein Papa so genervt davon, dass sie selbst mit dem Streiten angefangen haben.

»Ich hab mir das Zusammenleben anders vorgestellt«, sagt Heike nun. »Irgendwie … einfacher.«

»Das braucht wahrscheinlich seine Zeit«, sagt Tom.

»Ja, wahrscheinlich.« Sie trinkt einen Schluck Mineralwasser. »Es ist nur … früher haben sich die Kinder immer so gut verstanden. Aber seit wir zusammenleben, sind sie wie Hund und Katz. Es ist echt anstrengend.«

Tom legt mitfühlend seine Hand auf ihre. In diesem Moment klingelt Heikes Handy. Sie zieht ihre Hand weg und wird ein bisschen rot.

»Das ist mein Chef. Tut mir leid, aber im Büro ist es heute furchtbar stressig.«

»Kein Problem«, sagt Lukes Papa. »Musst du gleich zurück?«

»Ich fürchte schon.«

Er steht auf und gibt ihr zum Abschied ein Küsschen. »Lass uns später noch telefonieren, okay?«

Heike nickt und nimmt ihre Pommes mit. Die Rose vergisst sie auf dem schmutzigen Tisch.

»War das jetzt gut oder schlecht?«, fragt Luke, nachdem sein Vater auch gegangen ist.

»Keine Ahnung«, antworte ich. Der Wind bläst uns den Geruch von Pommes und Würstchen in die Nase. »Zumindest wollen sie telefonieren.«

Luke atmet tief ein. »Ich hoffe, das reicht, damit sie sich wieder ineinander verlieben.«

In dem Moment pustet der Wind die Rose vom Tisch in eine schmutzige Pfütze. Luke sieht es und guckt traurig. Ich versuche, ihn aufzumuntern, aber er sagt auf dem ganzen Weg nach Hause kein einziges Wort.

16.

Riesenzoff im Theater

Am nächsten Tag haben alle schlechte Laune.

Luke hat schlechte Laune, weil er sich Sorgen macht, dass sich seine Eltern nicht ineinander verlieben.

Heike hat schlechte Laune, weil ihr Chef ihr megaviel Arbeit gegeben hat.

Papa hat schlechte Laune, weil im Bad so ein Chaos herrscht, dass er seinen Rasierapparat nicht finden kann.

Ich habe schlechte Laune, weil Einstein mich morgens in den Finger gebissen hat (offenbar hatte auch er schlechte Laune).

Sogar unsere Nachbarin hat schlechte Laune (aber die hat sie eigentlich ständig, seit Luke jeden Abend auf seinem Schlagzeug übt.)

»Guten Morgen«, sagt Papa, als wir ihr im Treppenhaus begegnen. Die Nachbarin hat dunkle

Ringe unter den Augen und kann besonders gut böse gucken. Sie wirft einen mürrischen Blick auf Luke und grummelt etwas in sich hinein.

»Ihnen auch einen schönen Tag«, sagt Heike genervt. Dann schaut sie auf die Uhr. »Verdammt, wir kommen zu spät ins Theater.«

»Jetzt mal nicht den Teufel an die Wand«, brummt Papa.

Heike kneift die Augen zusammen. »Ich male überhaupt nichts an die Wand.«

Luke und ich wechseln einen Blick. Offenbar wirkt unser Plan so gut, dass Heike und Papa jetzt schon streiten, ohne dass wir was dafür tun müssen.

Zwanzig Minuten später kommen wir zum Treffpunkt vor der Schule. Ich gehe sofort zu Jule. Frau Butterbrot schaut auf die Uhr, als wir ankommen. Wahrscheinlich, weil wir die Letzten sind.

»Fein«, sagt sie dann. »Jetzt, wo alle da sind, kann es ja losgehen!« Sie klatscht lächelnd in die Hände. Der gelbe Smiley hinter ihren Schultern lächelt aber nicht. Er rollt nur heftig mit den Augen.

Heike und Papa versuchen auch freundlich dreinzuschauen. Es gelingt ihnen aber genauso wenig. Während der ganzen Busfahrt reden sie kein einziges Wort miteinander.

»Wir sehen uns heute das Theaterstück Don Quijote an«, erklärt Frau Butterbrot, als beide Klassen vor dem Saaleingang versammelt sind. »Ich hoffe, ihr habt alle eine Jause für die Pause eingepackt.«

»Was ist eine Jause?«, flüsterte Papa neben mir.

»Sie meint unser Pausenbrot«, flüstere ich zurück.

»Wisst ihr denn noch, worum es in Don Quijote geht?«, will Frau Butterbrot dann wissen. Sie hat uns vor zwei Wochen von dem Stück erzählt.

»Um einen verrückten Ritter, der gegen Windmühlen kämpft«, schreit jemand aus der 4c.

»Richtig. Und wieso hat er das getan?« Frau Butterbrot sieht sich fragend um.

»Weil er verrückt war?«, vermutet jemand anderes aus Lukes Klasse und ein paar beginnen zu lachen.

»Weil die Windmühlen in seiner Vorstellung Riesen waren«, sagt Frau Butterbrot.

Ein paar Kinder maulen, dass das langweilig klingt. Ich finde das gar nicht. Ganz im Gegenteil. Ich finde es sehr spannend, dass auch andere Leute Sachen sehen, die sonst keiner sieht.

Als die Türen zum Vorstellungsraum aufgehen, drängen alle sofort in den dunklen Saal.

»Nicht schubsen!«, ruft Frau Butterbrot. »Jeder

bekommt einen Platz. Ihr könnt euch hinsetzen, wo ihr wollt!« Dann geht sie zu Heike und Papa. Automatisch spitze ich die Ohren.

»Ich bin froh, dass ich Sie heute sehe«, sagt meine Lehrerin zu den beiden. »Wir haben ja schon telefoniert, weil ich mir um Luke und Nia Sorgen mache.«

Ich spüre, wie meine Hände zu schwitzen anfangen. Obwohl Luke und ich absichtlich ein paar Hausaufgaben nicht gemacht haben, werde ich nun trotzdem ein wenig nervös.

»Luke sagte, es hätte eine Veränderung bei Ihnen zu Hause gegeben?«, fragt Frau Butterbrot nun leise.

»Komm«, flüstert Jule und zieht an meiner Hand. Fast alle anderen sind schon im Saal und zanken sich um die Plätze. Nur Luke ist zu uns rübergekommen, weil er auch hören will, was Frau Butterbrot mit unseren Eltern bespricht.

»Warte noch einen Moment«, flüstere ich Jule zu und lasse die Erwachsenen dabei nicht aus den Augen.

»Ja, wir sind zusammengezogen«, murmelt Papa und sieht kurz zu Boden.

»Mhm«, sagt Frau Butterbrot.

»Wir dachten, unsere Kinder würden sich freuen«,

ergänzt Heike. »Oder es zumindest okay finden. Aber da haben wir uns anscheinend geirrt.«

Luke und ich tauschen einen kurzen Blick.

»Ich such uns schon mal einen Platz«, sagt Jule seufzend. Sie lässt meine Hand los und geht zu den anderen. Ich weiche mit Luke in den Schatten des Saals zurück. Dabei bleiben wir aber nah genug an der Tür stehen, um hören zu können, was die Erwach- senen auf dem Gang reden.

»Manchmal ist es nicht so einfach, sich an eine neue Situation zu gewöhnen«, sagt Frau Butterbrot vorsichtig.

»Wem sagen Sie das«, murmelt Papa. »Seit Kurzem sieht es bei uns zu Hause aus, als hätte eine Bombe eingeschlagen.«

Heike runzelt die Stirn. »Du willst damit aber nicht sagen, dass das unsere Schuld ist – oder etwa doch?«

Papa fährt sich müde übers Gesicht. »Nein, natürlich nicht.«

»Komisch, denn irgendwie hat es sich gerade so angehört«, sagt Heike.

»Hör zu, ich bin einfach müde«, murmelt Papa. »Luke und Nia streiten ständig – und wenn sie nicht streiten, spielt Luke Schlagzeug.«

Heike verschränkt die Arme vor der Brust. »Stört dich das jetzt etwa auch?«

»Ich hab nur in letzter Zeit nicht besonders gut geschlafen«, sagt Papa ein wenig unfreundlicher.

Frau Butterbrot sieht unbehaglich zwischen ihm und Heike hin und her. »Vielleicht wollen Sie das ein andermal besprechen.«

»Nein, ich will es kein andermal besprechen«, erklärt Heike kühl. »Ich will das jetzt besprechen.«

»Bist du sicher, dass du hier über dein Schnarch-problem sprechen willst?«, fragt Papa.

»Wovon zum Teufel redest du?«, zischt Heike.

»Du weißt genau, wovon ich rede.«

Frau Butterbrot wirkt zunehmend genervt. »Ich gehe besser zurück zu den Kindern«, sagt sie. Auf dem Weg in den Saal höre ich sie leise »Solche Grantscherben« murmeln, was wohl heißt, dass Papa und Heike gerade ziemlich schlechte Laune haben.

»Ich schnarche nur, wenn ich verkühlt bin!«, faucht Heike in diesem Moment.

Papa zieht die Augenbrauen hoch. »Tja, das wäre schön«, sagt er trocken. »Genauso schön wäre es, wenn nicht jeder von euch seine Sachen überall rumliegen lassen würde.«

Heike kneift die Augen zusammen. »Bereust du etwa, dass wir eingezogen sind? Denn wenn das so ist, dann können Luke und ich auch gerne wieder ausziehen.«

Als Papa das hört, wendet er sich schnaubend ab. Ich hole tief Luft. Obwohl beide total wütend aus-sehen, sehe ich jede Menge unglückliche Smileys herumschweben. Bei dem Anblick werde ich selbst ganz traurig.

»Wow. So haben die ja noch nie gestritten«, flüstert Luke neben mir.

Ich nicke. »Unser megafieser Trennungsplan funktioniert.«

»Ja, das tut er«, bestätigt Luke und sieht mich an. »Und warum freuen wir uns dann nicht?«

17.

Wieso kann man blöde Tage nicht einfach zurückspulen?

»Wir müssen was unternehmen«, sagt Luke, als wir wieder zu Hause sind. Von der Theateraufführung hab ich kaum etwas mitgekriegt. Ich hatte immer nur die vielen traurigen Smileys vor Augen, als Papa und Heike sich gestritten haben. Frau Butterbrot war das Ganze so unangenehm, dass ihr für den Rest des Ausflugs ein beschämter Smiley hinterherge-flogen ist.

»Was genau meinst du mit unternehmen?«, frage ich. Wir haben es uns in meinem alten Zimmer gemütlich gemacht. Es sieht eigentlich gar nicht mehr wie mein Zimmer aus. Luke hat es mit seinen ganzen Sachen irgendwie zu seinem Zimmer gemacht. Komisch – und jetzt merke ich, dass mir das gar nichts mehr ausmacht Ich mag den Ausblick in meinem neuen Zimmer. Aber am wichtigsten ist sowieso Einstein. Der sitzt auf meinem Schoß und pupst ununterbrochen. Er scheint die Aufregung auch zu spüren.

»Ich glaube, unser Plan war keine gute Idee«, sagt Luke. Er setzt sich neben mich aufs Bett und sieht traurig aus.

»Ja, das glaube ich auch«, sage ich.

»In der letzten Zeit war es irgendwie gar nicht mehr so schlimm, mit dir zusammenzuwohnen«, fährt Luke fort.

Ich stupse ihn mit der Schulter an. »Mit dir eigentlich auch nicht.«

»Also, was machen wir jetzt?«

Ich atme tief ein. Einstein sieht mich mit großen Augen an und lässt eine Stinkewolke los, die nur eins bedeuten kann: Luke und ich müssen es wieder in Ordnung bringen.

»Wir müssen mit ihnen reden«, sage ich.

»Und weniger streiten«, sagt Luke.

»Und bessere Tests schreiben«, sage ich.

»Und nicht mehr Mamas Schokolade essen«, sagt Luke.

»Und mal wieder aufräumen«, sage ich.

Luke kratzt sich am Hals. »Sicher, dass wir das alles wollen?«

Ich nicke. Einstein nickt auch. Zumindest glaube ich, dass er das tut. Es kann auch sein, dass er gerade eindöst und sein Kopf deshalb nach unten sackt.

»Okay. Dann lass uns am besten gleich damit anfangen«, sagt Luke und steht vom Bett auf.

Ich setze meinen müden Hamster zurück in seinen Käfig. Dabei muss ich plötzlich lächeln. Einen Wiedergutmach-Plan zu haben, fühlt sich viel besser an als unser fieser Trennungsplan.

»Womit fangen wir an?«, fragt Luke.

»Mit den Hausaufgaben«, antworte ich entschlossen. »In ein paar Tagen ist schon der große Reim-Wettbewerb. Bis dahin sollten wir alles nachgeholt haben, was wir versäumt habe.«

»Gut«, sagt Luke. »Wenn du Hilfe bei Mathe brauchst, sag Bescheid.«

»Klaro. Wenn du Hilfe beim Sachkundelernen brauchst – ich bin in meinem Zimmer.«

Wir nicken uns zu. Luke lächelt ein bisschen. Das warme Gefühl in meiner Brust wird stärker. Rasch schnappe ich mir Einsteins Käfig und gehe nach nebenan.

Am Abend kommen Heike und Papa von der Arbeit nach Hause. Sie sehen beide ziemlich unglücklich aus. Luke und ich haben in der Zwischenzeit nicht nur unsere Hausaufgaben erledigt, sondern auch die Wohnung aufgeräumt. Der Geschirrspüler in der Küche läuft und ich habe sogar mein Bett gemacht.

»Was ist denn hier los?«, fragt Papa, als er die Wohnung betritt. »Die Schuhe stehen ja geordnet im Regal!«

»Ach, wir haben« nur ein bisschen aufgeräumt«, sagt Luke, als ob es keine große Sache wäre.

Heike und Papa machen große Augen.

»Wir wollten euch auch etwas sagen«, fahre ich fort. Plötzlich ist mein Mund ganz trocken. Ich atme tief ein. Die Wahrheit zu gestehen ist doch schwieriger, als ich dachte.

»Und was?«, fragt Heike.

In dem Moment klingelt es an der Tür.

Kurz bin ich mir nicht sicher, ob ich erleichtert oder enttäuscht sein soll. Schließlich wollte ich gerade beichten, dass wir uns einen ganz fiesen Trennungsplan ausgedacht haben!

Papa öffnet die Tür und macht ein überraschtes Gesicht.

Denn der Besucher ist niemand anderer als Lukes Vater Tom.

Tom winkt kurz in die Runde. »Ich hab versucht, dich auf dem Handy zu erreichen«, sagt er dann zu Heike. »Wir müssen reden. Es ist dringend.« Dabei sieht er Heike genauso an, wie die verliebten Männer in den Filmen es immer tun.

Mir wird schlagartig heiß.

Oh nein! Hat sich Tom tatsächlich wieder in Heike verliebt? Kann das so schnell gehen?

Auch Luke neben mir schluckt. Wir starren alle Heike an. Sie wirkt überrumpelt.

»Okay«, sagt sie schließlich.

»Nein!«, rufe ich.

Jetzt wenden sich Tom und Heike mit erstaunten Gesichtern an mich.

»Nia«, sagt mein Vater leise. »Wenn Tom und Heike etwas zu besprechen haben, dann ist das so.«

»Keine Sorge, es dauert auch nicht lange«, fügt Tom hinzu.

»Okay«, sagt Heike ein zweites Mal. »Bis gleich.« Sie nimmt ihre Tasche und gibt Papa zum ersten Mal beim Abschied keinen Kuss.

Mein Magen fühlt sich an, als hätte ihn jemand mit einem festen Seil verknotet.

»Tschüss«, sagt mein Vater, bevor die Tür hinter Heike und Tom ins Schloss fällt.

18.

Katastrophenalarm mit Pilzsuppe

Kaum sind Heike und Tom weg, stößt mir Luke den
Ellenbogen in die Seite.

»Wir müssen ihnen hinterher«, flüstert er mir zu.

»Was ist los?«, fragt Papa.

»Äh … wir müssen noch mal weg. Zutaten besor-
gen für meinen Kuchen«, sage ich schnell.

»Ach ja. Der ekelhaf-« Papa räuspert sich schnell.
»Der leckere Kuchen für das Büfett vom
Reim-Wettbewerb«, sagt er dann.

»Genau. Und damit er richtig lecker wird, müssen
wir noch einkaufen.« Ich zerre meine Turnschuhe
aus dem aufgeräumten Regal und mühe mich mit
den Schnürsenkeln ab.

»Es ist aber schon ziemlich spät«, sagt Papa.

»Dann müssen wir eben ziemlich schnell sein«,
erwidert Luke. Er bindet seine Schuhe fertig zu und
zieht mich hinter sich her durch die Tür.

Kaum sind wir im Treppenhaus, rasen wir auch schon die Stufen hinunter.

»Hast du einen Plan?«, frage ich keuchend.

»Nicht so richtig«, schnauft Luke.

Unten angekommen, sehen wir gerade noch, wie Heike mit Tom um die nächste Hausecke biegt.

»Komm«, sagt Luke und nimmt wieder meine Hand. Gemeinsam folgen wir seinen Eltern so unauffällig wie möglich. Heike scheint Tom von ihrem fürchterlichen Tag zu erzählen, denn er nickt ständig und streichelt ihre Schulter.

Schließlich betreten die beiden eine Pizzeria.

Luke und ich schleichen zu den großen Fenstern. Drinnen steht auf jedem Tisch eine brennende Kerze und ich sehe lauter verliebte Paare Händchen halten.

»Oh nein«, flüstere ich erschrocken.

»Wir müssen irgendwas tun.« Luke tritt nervös von einem Fuß auf den anderen.

Jetzt werden Heike und Tom von einem Kellner an einen Tisch in der Nähe des Fensters geführt. Sofort lassen Luke und ich uns auf den Boden fallen.

»Wir müssen dafür sorgen, dass dieses Essen ganz furchtbar wird«, zische ich ihm zu.

Lukes Augen beginnen zu funkeln. Er nickt ent-

schlossen und zieht mich näher an den Eingang
heran. Gemeinsam warten wir ab, bis jemand das
Lokal verlässt, und huschen durch die offene Tür
hinein.

Drinnen ist es laut und voll. Heike und Tom sitzen
an einem kleinen Tisch für zwei Personen. Tom hat
beide Hände um Heikes Finger gelegt und spricht
eindringlich auf sie ein. Es sieht aus, als würde er ihr
seine Liebe gestehen.

»Da, der Kellner!«, wispere ich. Dabei deute ich
auf einen dünnen Mann mit einem Schnurrbart, der
ein Tablett mit Weingläsern trägt.

Luke nickt mir zu und schleicht dem Kellner
hinterher. Als er an Heikes und Toms Tisch vorbe-
kommt, rempelt Luke den dünnen Mann so fest an,
dass die ganzen Getränke runterfallen.

Heike wird komplett in Rotwein gebadet und
springt erschrocken auf.

»Oh Signora, ich bitte vielmals um Entschuldi-
gung!«, ruft der Kellner entsetzt. Luke wirft sich
geduckt unter einen freien Tisch neben dem von
seinen Eltern. Weder Heike noch Tom haben ihn
gesehen. Die sind im Moment aber auch ganz damit
beschäftigt, den Wein von Heikes Bluse zu tupfen.
Ich nutze den Moment und schleiche mich auch

etwas näher heran, bis ich mich hinter einer großen
Pflanze verstecken kann.

»Es tut mir so leid«, stottert der Kellner noch
einmal. »Sie bekommen eine Pilzsuppe! Spezialität
vom Chefkoch! Geht aufs Haus!«

Heike lässt sich wieder auf den Stuhl fallen. Sie
lacht.

»Ich mag nicht mal Pilzsuppe«, vertraut sie Tom an, nachdem der Kellner verschwunden ist.

»Ich weiß«, erwidert Tom grinsend. Wieder sehen sich die beiden tief in die Augen. Oh Gott! Steigen da Emojis mit Herzchen-Augen hinter ihnen in die Höhe? Oder bilde ich mir das vielleicht nur ein? Ich versuche, noch etwas näher heranzukommen, und schiebe mich unter einen freien Tisch, der ganz nah an dem von Luke steht. Jetzt erkenne ich auch Lukes Gesichtsausdruck. Er sieht ebenso verzweifelt aus wie ich.

Schon kommt der Kellner mit der Pilzsuppe.

»Bitte sehr.« Er stellt zwei Teller auf den Tisch.

»Danke«, sagt Heike schmunzelnd. Ihre Bluse ist noch immer feucht vom Rotwein.

»Das erinnert mich an den Urlaub in Italien«, sagt Tom. »Weißt du noch? Als du in den Brunnen geklettert bist? Da warst du genauso nass.«

»Ich bin nur in den Brunnen geklettert, weil du gesagt hast, dass ich mich nicht traue«, erwidert Heike kichernd.

Wieder sehen sich die beiden so verliebt an. Tom beugt sich ein Stückchen vor. Es sieht so aus, als ob er sie gleich küssen möchte.

»Nein!«, schreie ich und springe in die Höhe.

Dabei verfange ich mich in dem weißen Tischtuch. Zum Glück ist mein Tisch abgeräumt, sonst wäre mir vielleicht die Kerze auf den Kopf gefallen. Dafür sehe ich jetzt wahrscheinlich aus wie ein Gespenst. Das weiße Tischtuch hängt mir bis zu den Zehen. Ohne lange zu überlegen, geistere ich in die Richtung von Heike und Tom.

»Geh nach Hause, Heike!«, rufe ich mit meiner schauerlichsten Stimme.

Irgendwo hinter mir schreit eine Frau. Plötzlich stoße ich gegen jemanden, der auch ein Tischtuch über dem Kopf trägt. Er ist nur ein Stückchen größer als ich.

»Vergiss die Pilzsuppe!«, stöhnt der Geist neben mir mit Lukes Stimme.

»Luke?«, fragt Heike in dem Moment. Zwei Sekunden später stehen Luke und ich ohne Tischtuch da. Heike und Tom haben sie uns heruntergezogen.

Sofort schießt mir das Blut ins Gesicht. Einen Geist zu spielen, war eine verdammt blöde Idee, das wird mir jetzt klar. Aber unter Zeitdruck ist es gar nicht so einfach, zwei Erwachsene davon abzuhalten, sich zu küssen.

»Was macht ihr denn hier?«, fragt Heike erstaunt.

»Wir versuchen, alles wieder in Ordnung zu bringen«, sage ich schnell.

»Wovon redet ihr denn?« Tom holt noch zwei Stühle zum Tisch und sorgt dafür, dass wir uns setzen. »Also? Raus mit der Sprache.«

Luke und ich atmen tief durch.

»Ich wollte, dass ihr euch wieder ineinander verliebt«, gesteht Luke. Er blickt zu Boden. »Aber nur deshalb, weil ich nicht mehr bei Nia wohnen wollte.«

Ich nicke bestätigend.

»Aber jetzt fühlt es sich falsch an«, fährt er fort. »Denn eigentlich …« Luke stockt und sieht mich intensiv von der Seite an. Bei seinem Blick bekomme ich Herzklopfen. »Denn eigentlich finde ich es jetzt ganz cool mit Nia zusammen-zuwohnen.«

»Wirklich?«, fragt Heike. »Ihr habt euch doch immer nur gestritten.«

»Das war nur gespielt.« Ich räuspere mich. »Es gehörte alles zum Plan. Zu einem total fiesen, fürchterlichen Trennungsplan, um Papa und dich auseinanderzubringen.«

Heike und Tom starren uns ungläubig an. Schließ-lich beginnt Tom zu schmunzeln. Daraus wird ein

Grinsen. Und dann lacht er so laut los, dass wir alle erschrocken zusammenzucken.

»Jetzt verstehe ich, warum die letzten Tage für dich die Hölle waren, Heike. Die Kinder haben sich gegen dich verschworen.«

»Bist du denn gar nicht sauer?«, fragt Luke.

Sein Vater lacht noch immer. Er lacht so sehr, dass ihm Tränen über die Wangen laufen.

»Sauer? Wieso denn? Zu mir warst du ja nett.«

Heike gibt Tom einen Klaps auf die Schulter.

»Das heißt … ihr seid gar nicht verliebt?«, frage ich, weil er sonst wahrscheinlich nicht so lachen würde.

Lukes Vater wird ernst. »Nein«, sagt er kopfschüttelnd. »Wir mögen uns sehr gern, aber Heike ist jetzt in deinen Papa verliebt, Nia.«

»Und wieso dann dieses romantische Essen?«, fragt Luke und deutet auf die Pilzsuppe.

»Das nennst du romantisch?« Heike lacht nun auch. »Weißt du nicht, dass ich Pilzsuppe hasse?«

»Ich musste mit Heike etwas Wichtiges besprechen«, antwortet Tom auf Lukes Frage. »Ich werde im Sommer ein paar Wochen lang weg sein. Und da wollte ich deine Mutter fragen, was sie davon hält, wenn ich dich mitnehme.«

Überrascht starre ich Tom an. Darum ging es also?
Um die Ferienplanung?

»Wohin gehst du denn?«, fragt Luke misstrauisch.

»Ich bin im Sommer für sechs Wochen in Italien.
Ich muss dort zwar arbeiten, aber du könntest mich
trotzdem begleiten. Ich werde ein Haus in der Nähe
vom Strand mieten.« Er macht eine kurze Pause.
»Das wird sicher schön.«

Bei Toms Worten beginnt mein Herz plötzlich
ganz schnell zu schlagen.

Sechs Wochen Italien.

Sechs Wochen ohne Luke.

Obwohl ich vor Kurzem noch ein Einzelkind sein
wollte, kommt mir die Zeit jetzt unglaublich lang
vor. Unsicher sehe ich Luke von der Seite an. Aber
wenn er das gerne möchte, werde ich nichts dagegen sagen.

Lukes Gesicht ist total verschlossen. Ich habe
keine Ahnung, was er denkt. Kein einziges Emoji
steigt hinter seinem Rücken in die Höhe.

»Nein, danke«, sagt er dann. »Ich bleibe lieber hier.
Und komme dich vielleicht einfach nur mal besuchen.«

»Sicher?«, fragt Tom.

Luke sieht mich an. Plötzlich tauchen ganz viele

lächelnde Smileys hinter seinem Kopf auf und ich grinse erleichtert, als ich das Funkeln in seinen Augen sehe.

»Absolut sicher.«

19.

Ein Reim muss sein!

»Ich spüre meine Beine nicht mehr«, flüstert mir
Jule zu. Wir stehen gemeinsam auf der großen Wiese
hinter der Schule. In der Mitte ist eine Bühne
aufgebaut worden. Heute findet nämlich der große
Reim-Wettbewerb statt, für den Jule schon seit
Wochen übt. Sie muss jeden Moment dran sein.

»Das hast du jetzt gar nicht gereimt«, sage ich
streng.

»Ich spür kein einziges Bein, wie kann das nur
sein?«, wispert Jule nervös.

Grinsend schiele ich auf ihre Beine. »Mach dir
keine Sorgen. Ich kann dir meine borgen.«

Sie kichert. »Was mach ich mit vier Beinen? Ich
muss doch jetzt gleich reimen.«

»Siehst du? Du machst das super!«

»Wann geht es endlich los? Mein Wortschatz ist
famos!«, macht Jule weiter und winkt dabei Luke zu.

Er sitzt am Rand der Bühne hinter seinem Schlagzeug und hat schon die Sticks in der Hand. Immer
wenn jemand auf die Bühne geht, spielt Luke einen
Trommelwirbel. Er sieht aus wie ein Profi.

Jule winkt auch ihren Eltern zu, die mit Jules
kleinen Schwestern in der ersten Reihe Platz
genommen haben. Jasmin und Jessica ziehen sich
gerade an den Haaren, während Jana nervös an ihren
Fingernägeln kaut. Jana scheint wegen Jules Auftritt
auch etwas aufgeregt zu sein.

Mein Blick wandert weiter zu Heike und Papa.
Sie stehen ein paar Schritte abseits und füttern sich
gegenseitig mit dem Kuchen, den wir alle zusammen gebacken haben. (Diesmal haben wir sogar ein
richtiges Rezept verwendet, in dem nur ganz wenig
Salz vorkam und die Eier sind nicht in Papas Haaren
gelandet.) Ich bin ziemlich froh, dass sich Heike und
Papa wieder vertragen haben. Angeblich wollten sie
sich gar nicht richtig trennen. Heike meinte, so ein
kleiner Streit könne bei Erwachsenen genauso
vorkommen wie bei Kindern.

Trotzdem bin ich erleichtert, dass wir unsere
Mission noch rechtzeitig gestoppt haben. Nach
Lukes und meinem Pizzalokal-Geständnis sind wir
zu Papa nach Hause gegangen und haben noch

einmal erzählt, was passiert ist. Er fand es nicht ganz so lustig wie Tom, aber zumindest haben wir keine schlimme Strafe bekommen.

Luke und ich müssen nur jeden Tag die Wohnung aufräumen und haben zwei Wochen lang iPad-Verbot. Dafür spielen Heike, Papa, Luke und ich jetzt fast jeden Abend ein Brettspiel. Meistens lassen wir die Erwachsenen gewinnen, aber die scheinen das nicht zu merken.

»Und wie ist es jetzt mit ihm, soll er gar nicht mehr ausziehen?«, fragt Jule und deutet mit dem Kopf auf Luke.

Er spielt gerade einen Tusch, bevor er einen ziemlich coolen Trommelwirbel loslässt.

»Du bist dran!«, sage ich zu Jule und scheuche sie auf die Bühne.

»Oh Gott«, stammelt sie und wird fast genauso grün im Gesicht wie Luke nach dem Todes-Tornado. Dann klettert sie schnell auf die Bühne. Obwohl ich hier unten stehe und nicht dort oben, spüre ich, wie mein Herz plötzlich ganz schnell schlägt.

»Und das ist Jule!«, ruft Frau Butterbrot. »Welches Gedicht hast du vorbereitet?«

Jule schluckt. Dann sieht sie mich an.

»Es ist ein Gedicht über meine beste Freundin.«

»Das soll uns nicht stören. Dann lass mal hören«, sagt Frau Butterbrot.

Luke spielt noch einen Tusch und ich bin total gespannt, was Jule sich ausgedacht hat.

In der Menge ist es mucksmäuschenstill. Papa und Heike kommen zu mir rüber. Sie halten sich an den Händen und wirken sehr verliebt.

»Dieser Reim handelt von meiner besten Freundin Nia«, sagt Jule und räuspert sich.

»Nia lebte ganz allein,
doch dann zog plötzlich Luke noch ein.
Am Anfang gab sie ihm ihr Zimmer
das machte alles nur noch schlimmer.
Er schleppte sie ins Gruselhaus,
doch Nia wollte nur hinaus.
Sie fuhr mit ihm dann Achterbahn,
die fand er überhaupt nicht lahm.
Denn einfach nur vom Runtergucken,
musste er gleich drei Mal spucken.
Luke trommelte die ganze Nacht,
sie hat kein Auge zugemacht.
Die beiden fassten einen Plan,
doch unter uns: Das war ein Schmarrn.«

Jule macht eine kurze Pause. Ein paar Leute lachen und Frau Butterbrot grinst glücklich, weil Jule ein österreichisches Wort verwendet hat, das übersetzt Blödsinn bedeutet.

»So ging es weiter wochenlang,
den Eltern wurde angst und bang.
Sie stritten, zankten, tobten viel,
doch plötzlich wurde es ein Spiel.
Am Ende sahen die beiden ein:
Es muss gar nicht die Hölle sein!«

Jule sieht mich jetzt direkt an. Hinter ihrem Rücken schwebt ein blaues Freundschafts-Herz in die Höhe, bei dem mir auch ganz warm ums Herz wird.

»Drum bin ich froh, nach all den Tagen,
dass Luke und Nia sich vertragen.
Ich kann euch allen hier nur sagen:
Es ist nicht leicht, Geschwister zu haben.
Doch manchmal ist es auch recht fein,
nicht immer ganz allein zu sein.«

Jule macht eine strahlende Verbeugung und lächelt ihren Schwestern zu. Luke spielt einen Trommelwirbel mit anschließendem Tusch und alle klatschen. Hinter mir höre ich Papa und Heike jubeln, aber ich klatsche wahrscheinlich am lautesten.

Denn im Moment steht es ganz klar 1:0 für unser neues Leben zu viert.

Anna Pfeffer ist das Pseudonym von Ulrike Mayrhofer und Carmen Schmit. Zusammen sind sie 75 Jahre alt, haben zwei Männer, sechs Kinder und einen Hund. Wie Nia und Luke wissen sie: Freundschaft ist überaus wichtig! Deshalb verbindet die beiden nicht nur der gleiche Humor, sondern auch schon 24 gemeinsame Jahre sowie die Liebe zum Geschichtenerzählen – die beste Grundlage, um zusammen Bücher zu schreiben.

Mascha Matysiak

SPUKALARM
in der SCHOKOFABRIK

1

Ein Wohn- oder ein Albtraum?

Hier sollte sie nun also wohnen! Missmutig starrte
Klara aus dem Fenster ihres neuen Zimmers. Draußen
brannte die Sonne auf den Asphalt. Der Möbelwagen
vor dem Haus versperrte fast die ganze Straße. Da
ihre Wohnung im zweiten Stock lag, konnte
Klara über den Laster hinweg auf der
anderen Straßenseite ein altes Fabrik-

gebäude erkennen. Es hatte zwei Schornsteine, eine
rotbraune Backsteinfassade und riesige Fenster, die
allesamt mit Dreck beschlagen und von Pflanzenranken
überwuchert waren. Das Gebäude wirkte ziemlich
verfallen und heruntergekommen.

»So, das hätten wir. Alles fertig«, hörte Klara den
Möbelpacker draußen im Gang zu ihrer Mutter sagen.
»Na dann, viel Spaß. Is ja 'n echter Wohntraum hier.«
Dann polterte er die Treppen hinunter.

»Pff«, machte Klara. Traumhaft fand sie hier gar
nichts. Um sie herum türmten sich unzählige
Kistenberge, die jeden Quadratzentimeter bedeckten.
Klara wünschte sich zurück in die Stadt und ihre alte
Wohnung. Hätte Mama nur nicht diese neue Stelle als
Leiterin des Altenheims bekommen, dann wären sie
auch nicht hierhergezogen, in diese dämliche Siedlung.
Jetzt war ihr neues Zuhause also die Konfektallee
Nummer 2.

»Ich geh mal ne Runde«, rief Klara, nachdem sie sich
durch das Labyrinth aus Kartons und Möbeln
geschoben hatte. Sie musste dringend raus, bevor sie
noch schlechtere Laune bekam.

Im Treppenhaus war es kühl. Es roch nach Putzmittel und glänzte, als wären die Steinstufen gerade frisch poliert worden. Draußen hingegen war es so heiß, dass man auf der Straße ein Spiegelei hätte braten können. Das gleißende Sonnenlicht brach sich in ein paar staubfreien Flecken der Fabrikfenster gegenüber und wurde zurückgeworfen, direkt in Klaras Augen. Blinzelnd sah sie sich um. Vorhin war sie mit Mama von rechts in die Siedlung eingebogen. Also wandte sie sich jetzt nach links. Am Ende der Straße konnte Klara Pinienbäume erkennen und wenn sie sich nicht täuschte, glitzerte weiter hinten Wasser durch die Büsche. Vielleicht gab es dort sogar einen Badesee, in dem sie ein bisschen mit den Füßen planschen konnte. So würde sie den blöden Umzug vielleicht für einen Moment vergessen.

Klara musste nicht lange laufen, bis sie mitten im Wald stand. Der Boden unter ihr war weich und deutlich angenehmer als der dampfende Asphalt. Die warme Luft staute sich hier nicht so. Dazu wehte ein sanfter Wind, der würzig nach Pinien roch. Klara atmete tief durch. Zum ersten Mal hatte sie heute das Gefühl, dass der Tag doch noch etwas Gutes bringen könnte.

»He, weg da!«, quiekte plötzlich jemand neben ihr.

Klara zuckte zusammen. So tief in Gedanken
versunken hatte sie das Mädchen auf dem Laufrad gar
nicht gesehen. Sie kam zwischen zwei kleineren
Bäumen hindurchgerauscht und knallte Klara im
nächsten Moment gegen das Knie. Dann eierte sie
noch ein paar Meter weiter, bevor sie auf dem
weichen Boden landete.

»Bist du okay?« Klara humpelte zu der Kleinen mit den
abstehenden Zöpfen rüber und half ihr hoch. Ihr Knie
pochte heftig. Die Einhorn-Klingel am Lenker hatte sie

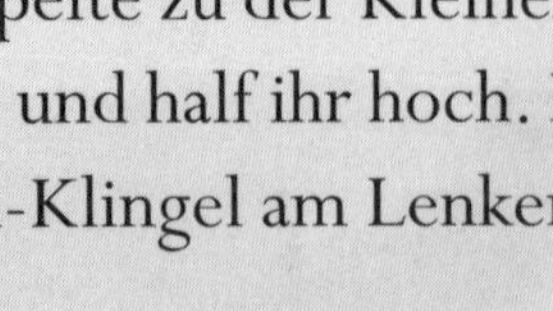

voll erwischt. Sie rieb sich über die schmerzende Stelle
und bemerkte das Horn des Klingel-Zauberpferdes
neben einem Pinienzapfen auf dem Boden. Es war
bei dem Zusammenprall abgebrochen. Auch das
Zopfmädchen sah, was passiert war. Sie verzog den
Mund und schaute Klara vorwurfsvoll an. »Du hast
mein Einhorn kaputt gemacht.«
Schnell hob Klara es auf. »Tut mir leid!«
Das Mädchen riss ihr das Horn aus den Händen und
pikte ihr damit in den Bauch. »Du bist gemeiiiiiiiiiin.«

»Bin ich gar nicht!«

Nun kam auch noch ein Junge durch die Büsche. Er war ungefähr in Klaras Alter und hatte die gleichen hellbraunen Haare wie das Mädchen. »Hey, Susi, da bist du ja. Was ist los?«

Mit zitterndem Kinn zeigte Susi auf Klara. »Die da hat mich vom Rad geworfen u-u-und Bimmelpony kaputt gema-a-aaaaaaaaaaacht.«

Klara zog wütend die Augenbrauen zusammen. Also ehrlich, als ob der Unfall ihre Schuld gewesen wäre. Sie hatte doch nicht ahnen können, dass diese Susi mit voll Karacho durch den Wald bretterte. »Du hättest ja auch ein bisschen aufpassen können, wohin du fährst«, entgegnete sie mürrisch.

Binnen Sekunden färbte sich Susis Kopf knallrot. Er sah aus wie eine überreife Tomate kurz vorm Platzen. Klara machte sich auf das Schlimmste gefasst. Doch der Junge strich Susi besänftigend über den Rücken. »Geh schon mal rüber zum Schuppen, ich repariere das gleich«, beruhigte er sie, woraufhin Susi nur einmal lautstark die Nase hochzog und davonwatschelte.

»Hui, was für ein Drama«, schnaufte Klara und schüttelte den Kopf. Noch einmal rieb sie sich über das Knie. Zum Glück ließ der Schmerz langsam nach.

Wahrscheinlich würde nur ein blauer Fleck bleiben, der schnell wieder verschwand.

Der Junge verschränkte die Arme vor der Brust und sah sie finster an. »Du hättest ruhig ein bisschen netter sein können.«

»Ich war nett!«

»Nicht nett genug! Was treibst du hier eigentlich?«

Genervt verschränkte auch Klara die Arme. Ihr Plan, sich im Wald bessere Laune zu verschaffen, war so richtig nach hinten losgegangen. »Ich gehe spazieren, falls das nicht verboten ist. Kümmere du dich doch um deinen eigenen Mist.«

Gerade setzte der Junge zu einer Antwort an, da drang eine Frauenstimme durch den Wald. »Matti, Maaaaaattttti, mein Lieber! Wo steckst du denn? Komm bitte her und hilf Papa mit dem Essen.«

»Kooooooomme«, brüllte der Junge zurück, warf Klara noch einen letzten unfreundlichen Blick zu, drehte sich um und verschwand.

Is ja 'n echter Wohntraum hier, hallte der Kommentar des Möbelpackers durch Klaras Kopf, als sie über die Konfektallee zurück nach Hause stapfte. Pah! Das Ganze war kein Wohn-, sondern wohl eher ein Albtraum!

Komplett unverdächtig

Jonas und Fabian leben bei ihrer Tante Erdmute.
Und die macht ihrem Namen alle Ehre. Denn Mut
braucht man auf jeden Fall, wenn man eine Bank über-
fällt. Nach einer rasanten Flucht taucht Tante Erdmute mit den beiden Jungs in einem kleinen Waldhotel
unter. Dort wohnen merkwürdige Gäste! Und als dann
noch Herrn Hartenbeins wertvolles Briefmarkenalbum
gestohlen wird, steht bald die Polizei vor der Tür.
Ob die drei jetzt in der Falle sitzen?

www.hummelburg.de

ANDREA SCHOMBURG
Die besten Tantenretter der Welt
ISBN 978-3-7478-0007-2

Rettet Weihnachten!

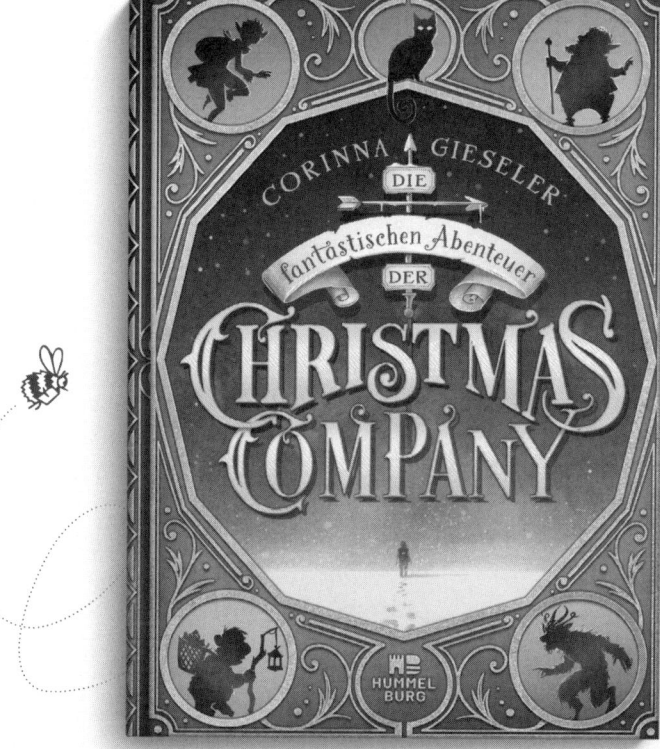

Freda weiß nicht, wie ihr geschieht, als ihr Kater Mr Livingstone plötzlich zu sprechen beginnt und sie an den Nordpol entführt.
Dort liegt die Christmas Company, das Großunternehmen des Weihnachtsmanns. Anonyme Computerhacker und unheimliche Wintergeister treiben in der Company ihr Unwesen. Gemeinsam mit Engel Serafin, Kobold Jonker und Mr Livingstone begibt sich Freda auf eine gefährliche Expedition ins ewige Eis. Es gilt, Weihnachten zu retten!

CORINNA GIESELER
Die fantastischen Abenteuer der Christmas Company
ISBN 978-3-7478-0003-4

www.hummelburg.de